오늘도 혼자 클럽에서

오늘도 혼자 클럽에서

음악에 몸을 맡기자 모든 게 선명해졌다

소람 지음

수오서재

차례

1장 어둠이 내리면 리듬을 타고

2장 젊은 걸까, 취한 걸까

3장 내 사랑하고 미워하는 디제잉에게

새벽 두 시, 클럽에서

목요일 새벽 두 시. 한 여자가 택시에서 홀로 내린다. 이태원 주요 언더그라운드 클럽이 밀집한 보광로60길에 있는 클럽으로 들어선다. 통 넓은 바지에 버킷햇을 푹 눌러쓴 편안한 차림이다. 클럽에 들어서자마자 바bar로 직진하여 익숙하게 진토닉 한 잔을 주문한다. 내일 적당한 컨디션으로 일하려면 진토닉 정도가 딱 적당하다. 위스키나 테킬라는 숙취를 유발하기 때문에 알아서 자제한다. 그는 진토닉 한 모금을 입에 머금으며 여유롭게 그날의 댄스 플로어를 한번 눈으로 훑는다. 사람이 너무 많지도 적지도 않은 인구 밀집도가 마음에 든다. 역시 평일의 클럽은 주말과는 다른 매력이 있다.

여자는 디제이 부스 오른편 앞쪽으로 다가선다. 그가 가장 좋아하는 자리다. 자신은 디제이의 움직임을 훤히 볼 수 있지만 디제이는 강한 조명 때문에 자신을 잘 보지 못하는 그런 자리. 왠지 부끄러움이 많은 그는 늘 같은 자리로 간다. 스피커가 심장을 때려서 살가죽을 뚫고 나올 것 같은 느낌도 마음에 든다. 그 느낌이 부담스러워지면 슬슬 자리를 옮긴다. 그는 진토닉 한 잔을 손에 들고 여유롭게 음악에 맞춰 몸을 흔들기 시작한다. 비로소 막혔던 숨구멍이 트이는 것 같다. 옆에 누가 없어도 어색함 따위는 전혀 없다. 내일에 대한 걱정은 이미 택시에 두고 내린 지 오래다.

이렇게 평일에 클럽에서 혼자 레이빙*을 즐기는 여자가 바로 나다. 2010년대 초반, 신촌에 혼밥족을 위해 칸막이를 설

* 요즘은 클러빙이나 클러버라는 단어보다 'rave'라는 단어에서 파생된 레이빙이나 레이버라는 단어를 더 자주 사용한다. 클러빙과 레이빙, 클러버와 레이버의 의미 차이가 존재하지만 이 책에서는 레이빙과 레이버로 통일해 사용했다.

치한 1인 좌석이 생겼다고 호들갑을 떨던 게 엊그제 같은데 요즘은 뭐든지 혼자 하는 게 익숙한 시대다. 혼밥, 혼술을 넘어 혼자 캠핑, 혼자 여행까지. 그렇지만 '혼자 클럽'은? 사람들은 손사래를 치며 극상의 난이도라고들 평가한다. 우선 업계 사람들 말고는 해본 사람이 극히 드물다. 사람들이 혼밥 레벨 중 가장 어려운 난이도로 평가하는 혼자 고깃집 가기, 혼자 뷔페 가기, 혼자 패밀리 레스토랑 가기보다 어려운 게 틀림없다. 혼자 다니는 캠핑과 여행은 오히려 멋진 취미 생활로 자리매김한 것 같고. 굳이 비교하자면 사람 많은 곳에서 에너지 넘치게 즐겨야 한다는 측면에서 혼자 놀이공원 가기 정도와 비슷하지 않을까.

그럼에도 불구하고 내가 혼자 클럽에 다니는 이유는 좋아하는 마음을 지속하기 위해서다. 혼자라는 이유로 좋아하는 일을 못 하게 된다면 그것만큼 억울한 건 세상 어디에도 없을 테니까. 서른 살이 넘어가면서 많은 친구들이 내 곁을 떠났다. 떠났다기보다 예전만큼 많은 시간을 함께하지 못하게 되었다. 가정이 생긴 친구들은 완전히 새로운 인생의 문을 열며 떠나갔고, 그렇지 않은 친구들도 저마다의 취향과 세계가 확고해졌다. 나는 점점 전자음악을 즐기고 언더그라운드 클럽을 생활화해 가는 반면, 댄스 동아리까지 같이 가입해 신명나게 몸을 흔들어 재껴대던 친구들은 이제 클럽에 가면 머리가 울린다며 조용한 곳에 가서 이야기나 하자고 한다. 나에게 하우스와 테크노 음악을 전수해주던 친구는 요가와 명상, 러닝의 세계에 입문하며 급기야 얼마 전 이쪽 세계(?)의 은퇴를 선언했다. 뿐만 아니라 슬프게도 이곳저곳이 아프다. 약을 먹는다거나 건강상의 문제가 생긴 친구들도 많고, 무엇보다 노는 것도 좋지만 그 시간에 자신의 일에 집중하려는 친구들이 더 늘었다.

이런저런 친구들의 사정을 전부 고려하다 보면 같이 놀러 갈 시간 한번 맞추기 어렵다. 나한테 레이빙은 "야, 집 앞인데 잠깐 나와. 커피 한잔 하자" 같은 일상이나 다름없는데, 어렵게 약속을 잡아야 하는 큰 행사가 되어버린다. 나는 비교적 재택근무 비중이 높아 평일에 레이빙을 즐기는 게 어렵지 않지만 출퇴근하는 직장인 친구들은 평일 레이빙이 거의 불가능하다. 평일에도 재밌는 파티가 많은데 아쉽기 그지없다. 그래서 나는 고민 없이 혼자이길 택했다. 좋아하는 일을 포기해야 할 유일한 이유가 '혼자'여서라면 혼자가 되는 게 낫다.

중요한 건 "야, 이 음악 진짜 좋지 않냐", "담배 피우러 갈

래?"라고 말할 사람이 없는 것 빼고는 혼자여서 좋을 때가 더 많다는 사실이다. 친구들이랑 같이 놀러 가면 이 친구가 음악을 충분히 즐기고 있는지, 친구의 텐션이 떨어지지는 않았는지, 혹시 잠깐 나갔다 오자고 하면 싫어할지, 다른 클럽에 가고 싶은 건 아닌지 신경 써야 할 게 한두 가지가 아니기 때문이다. 게다가 친구가 만취하기라도 하면 "오늘은 몸이 부서지게 놀자!" 작정하고 나가도 집으로 강제 귀가해야 한다. 혼자 클럽에 가면? 오로지 음악만 즐길 수 있다. 무아지경인 것이다.

내가 음악과 클럽을 얼마나 사랑하는지 조금이나마 증명하기 위해 혼자 클럽에 다니는 이유를 장황하게 늘어놓았다. 사실 왕따의 긴 변명이라고 할 수 있을지도. 음악을 사랑하는 평범한 직장인이자 뮤직 콘텐츠 기획자의 라이프에 대해 이야기해보려 한다. 삶을 지탱하는 음악이라는 힘, 클럽을 좋아하는 마음, 음악과 연결된 일상을 담았다. 삶을 버티게 할 재미를 찾고 있는 독자라면 누구나 영광스럽게 모시고 싶다.

"혼자 오셨어요?"

"네, 혼자 왔어요."

새벽 두 시, 댄스 플로어에서 음악에 몸을 맡기듯 흔들흔들 여유롭게 즐겨주면 좋겠다.

1장

어둠이 내리면 리듬을 타고

평일 새벽의 얼굴

어느덧 내 언더그라운드 클럽 인생도 10년이 훌쩍 넘었다. 그중 그저 스쳐 지나간 인연이지만 기억에 남는 얼굴들이 있다. 한창 즐거운 파티가 진행되던 중 소음 문제 때문에 경찰이 들이닥쳤을 때 당황하며 음악 소리를 줄이던 디제이의 얼굴이라던가, 이태원 클럽 문 앞 길거리에서 패싸움이 일어났을 때 곤혹스러워하며 싸움을 말리던 클럽 관계자의 얼굴, 또는 디제이 부스에서 갑자기 불꽃이 튀며 음악이 끊긴 나머지 한겨울 전부 클럽 밖에서 대기해야 했을 때 내게 천진난만

하게 "우리 지금 왜 나가는 거예요?"라고 묻던 어느 레이버의 얼굴, 코로나 시국 '노 댄스 클럽'일 때 춤을 추지 못해 지루함과 아쉬움이 덕지덕지 묻은 채로 앉아서 술을 홀짝이던 이의 얼굴 등 이름조차 모르는 그저 남인 얼굴들.

이 많은 얼굴 중 유독 기억에 남는 얼굴이 있다. 평일 클럽 새벽 시간에 본 한 디제이의 얼굴이다. 그 디제이를 본 날은 평일 술 약속이 끝나고 그냥 집에 들어가기엔 뭔가 좀 아쉬운 날이었다. 혼자 음악을 들으며 가볍게 한 잔 더 홀짝이고 싶었고, 발걸음은 자연스럽게 압구정 로데오에 위치한 한 클럽으로 향했다. 한때 집 근처에 있어서 자주 갔던 그 클럽에서는 기분 좋은 하우스음악이 산뜻하게 나를 맞이해주었다. 늘 그렇듯 진토닉 한 잔과 함께 주머니에 손을 찔러 넣고 둠칫둠칫 리듬에 맞춰 몸을 흔들며 음악을 즐겼다. 얼마나 시간이 흘렀을까. 주위를 둘러보니 클럽 관계자로 보이는 사람들뿐, 손님은 나만 남았다. 젠장, 또였다. 평일에는 클럽에 사람이 적을 때가 많은데, 내 경험에 의하면 그마저도 클럽 관계자이거나 디제이의 지인일 때가 대다수다. 그야말로 썰렁, 북적북적하여 그 속에만 있어도 사람들의 열기에 흥이 오르는 주말과는 상반된 분위기다. 이런 경우에는 내 쪽에서만 형성된 일

방적인 디제이와의 유대감과 이 클럽을 지켜야 한다는 왠지 모를 책임감과 의무감 때문에 집에 갈 수 없게 된다. 그렇게 집에 못 간 적이 여러 번이다.

그리고 이런 상황에서 나는 늘 절반은 디제이의 입장이 되어버리고 만다. 그는 지극히 외로운 싸움을 하고 있을 것이다. 아마 광활한 우주 속에 혼자 남겨진 기분이지 않을까. 나는 춤이라도 더 열심히 춰야 할까 싶어 괜히 주변 눈치를 열심히 살핀다. 그때 갑자기 분위기가 전환되며 귀에 익은 신나는 디스코 음악이 흘러나왔다. 미드나이트 스타의 〈No Parking〉이었다.

익숙하고 흥겨운 리듬에 자연스럽게 디제이 부스 쪽으로 고개를 돌린 나는 놀라지 않을 수 없었다. 조금은 무표정한 디제이의 얼굴을 상상했는데 그는 웃음기 가득한 얼굴을 하고 있었기 때문이다. 한겨울에 짧은 반팔을 입은 모습은 그의 열정을 증명이라도 하는 것 같았다. 반삭에 가까운 머리를 한 그는 디제이 부스 안을 마음껏 활보하며 온몸으로 리듬을 타고 가끔 즐거운 환호성을 내뱉기도 했다. 그는 일을 한다기보다 마치 음악을 틀어놓고 신나게 놀고 있는 것처럼 보였다. 텅 빈 클럽에서 관성적으로 음악을 틀 만도 한데 그는 웃는 얼굴로 최선을 다하는 모습이었고, 그를 지켜보며 절로 흥이 올랐다. 디제이 부스 안의 디제이만 보았을 때는 댄스 플로어에 수백 명의 레이버들이 있다고 해도 이상할 게 없었다. 아무도 없는 클럽에서 진심으로 즐거워하던 그의 몸짓과 표정이 눈에 선하다.

'좋아하는 일'이란 무엇일까. 나는 일을 할 때 항상 즐겁고 행복한 일이 좋아하는 일이라고 생각하지 않는다. 그런 일은 아마 세상에 존재하지 않을 것이다. 내가 생각하는 좋아하는 일이란 어려움이 닥쳐도 마땅히 감수할 힘과 의지가 있는 일이다. 그럼에도 불구하고 계속 할 수밖에 없는 일, 그래도 계속 하고 싶은 일 말이다. 좋아하지 않는 일을 하는 사람은 어려움이 닥쳤을 때 견딜 수 있는 역치가 낮아 금방 무너지고 만다. 하지만 좋아하는 일을 하는 사람은 어려움이 닥쳤을 때 본인의 힘과 의지로 어떻게든 이겨내고, 그 한계를 극복했을 때의 고양감을 한껏 누리고, 그 기쁨을 원동력 삼아 앞으로 나아간다. 그로 인해 만들어진 기분 좋은 에너지를 주변 사람에게까지 전파한다.

그러니까 내 앞에 웃으며 디제잉을 하고 있는 저 반삭의 디제이는 자신의 일을 좋아하고 사랑하고 있다. 눈앞의 댄스 플로어는 외롭게 텅 비어 있고 자신의 음악에 귀 기울이는 이 하나 없지만 그 정도는 마땅히 감수할 수 있을 정도로. 그는 동이 트고 나서 아쉬운 마음을 안고 잠자리에 들겠지만 밤이 되면 또 설레는 마음으로 음악을 틀러 나올 것이다. 또다시 텅 비어버린 댄스 플로어를 마주한다고 해도 누구보다 신나게 음악을 틀 것이다.

그날 평일 새벽 클럽에서 나는 어떤 존경심과 열등감을 동시에 느꼈다. 사람이 없는 클럽에서 진심으로 즐기며 음악을 트는 디제이 앞에서, 수많은 이들이 쓰는 서비스를 기획하는 나는 '월화수목금퇼' 같은 짤에 '좋아요'나 누르는 사람이었기 때문이다. 언제 일을 놀이처럼 즐겁게 했는지 기억도 잘 나지 않았다. 내가 간절히 바라는 나의 모습이 디제이 부스 안에 있는데 나와 그 사이의 거리가 너무 멀어 정신이 아득해지는 기분이었다.

삶의 많은 시간을 일을 하는 데 할애해야 한다면 웬만하면 저런 얼굴로 살아야겠다는 생각이 들었다. 무표정하게 살지 말자. 웬만하면 좋아하는 일을 하는 사람의 얼굴을 닮아 가자.

"No parking, baby. No parking on the dance floor."

귓가에는 댄스 플로어에서 멈춰 있지 말라는 가사가 계속 들려오는데 나는 신나게 음악을 트는 디제이의 모습을 보며 진지한 생각에 잠겼다. 그리고 곧 '나도 내일과 내 일이 있는 사람이니까 이제 그만 집으로 돌아가야지' 하는 생각에 조용히 클럽을 빠져나왔다. 아마 그때 클럽에는 디제이와 소수의 관계자들만이 남았을 것이다. 하지만 클럽 안은 좋아하는 일을 하는 사람들의 크고 뜨거운 에너지로 가득 찼을 것이고, 그 열기는 여느 주말 못지않았을 것이다.

일렁이는 까만 물결 속에서

어딘가에 속한다는 감각은 일찍이 내게 낯선 것이었다. 내 이름 앞에 붙은 소속들은 언제고 떨어져나갈 글자들처럼 헐겁게 느껴졌고, 누군가 "우리 소람이"라고 불러주면 내심 기쁘면서도 곧 이질적으로 들리곤 했다. 그런 나도 아주 가끔은 속해 있다고 느낄 때가 있는데, 그건 바로 레이버들의 물결 속에서 가만히 일렁거리고 있을 때다.

연말 서울의 공기는 아쉬움보다 설렘으로 잔뜩 부풀어 있고 유난히 반짝거렸다. 특히 12월의 언더그라운드 클럽에서는 화려한 라인업과 특별한 콘셉트의 파티가 줄줄이 열렸다. 하지만 지나온 1년이 워낙 다사다난해서였는지 특별한 화려함보다는 정제된 익숙함이 필요했다. 그리하여 크리스마스를 앞둔 금요일 밤, 초록색 네온사인 간판이 인상적인 한 테크노 클럽으로 향했다. 특별한 날을 제외하고는 상세한 스케줄이나 라인업에 관한 공지도 올라오지 않고, 내부 촬영도 허락되지 않는 불친절하면서도 신비로운 '링 서울'에.

링 서울 아래쪽에는 해변가를 연상시키는 펍이 하나 있는데 그곳에서는 잔이 아닌 큰 팩으로 칵테일을 판매한다. 칵테일을 여러 번 주문해야 하는 수고로움을 덜어주어 종종 방문하는 곳이다. 펍에 앉아 친구와 연말에 나눌 법한 감상적인 대화를 나누며 앉은자리에서 진토닉 두 팩 정도를 빠른 속도로 마셨다. 얼마나 흘렀을까. 귓가에 울려 퍼지는 재즈와 캐럴이 식상해지고, 알코올이 혈관을 타고 흐르며 알딸딸하게 기분 좋은 취기가 돌고 있음을 느꼈다. 때마침 휴대폰 액정 속 시계가 오전 한 시를 가리키며 밝게 빛났다. 우리는 형형한 눈빛을 한 채 곧 빨대에서 입을 떼고 누가 먼저랄 것도 없이 자리를 박차고 일어나 클럽으로 향했다.

클럽 안은 적당히 붐볐고 피크타임이 가까워지자 사람들이 물밀듯이 들어왔다. 레이버들은 약속이나 한 듯 소수를 제외하고 거의 모두 편안한 검은색 옷을 입고 있었다. 그건 나도 마찬가지였는데 테크노 음악을 들으러 갈 때는 다른 색 옷보다 괜히 검은색 옷에 먼저 손이 갔다. 디제이의 자극적이지 않은 딥하우스와 테크노 음악은 모두를 좌우로 살랑살랑 움직이게 했다. 그저 좌우로 가볍게 왔다 갔다, 파도가 물결치는 것처럼. 격렬한 움직임은 어울리지 않았다. 누군가는 명상하듯 눈을 감고 음악을 감상하기도 했다. 나는 디제이 덱deck 근처에 서 있었는데 내 옆 사람은 눈을 감고 비트에 맞춰 디제이 덱을 슬며시 두드리고 있었다. 그 모습이 명상 도구 중 하나인 핸드팬을 두드리는 것 같았다면 과장일까. 나는 한껏 신이 나면서도 이불을 깔고 플로어에 드러누울 수도 있을 것 같은 편안함을 동시에 느꼈다.

음악은 절정을 향했고 사람들이 디제이의 음악에 다 같이 집중하고 있음을 느끼는 순간이 찾아왔다. 이럴 땐 어김없이 괜히 뒤를 돌아보고 싶어진다. 뒤를 돌아봤을 때 눈에 들어오는 거대한 까만 물결. 레이버들이 좌우로 리듬을 타는 방향이 우연히 딱 맞아떨어질 때 그 모습은 검은 파도가 좌우로 물결치는 것처럼 보인다. 나도 그 파도 속에서 일정한 흐름을 만들어내며 함께 일렁이는 물결이 된다. 이 거대한 파도를 만들어낸 디제이가 부럽다고도 생각한다. 바로 이 순간이 어디에도 쉽게 소속감을 느끼지 못하는 내가 어딘가에 속했다고 느끼는 얼마 되지 않는 순간이다. 나는 단지 이 작은 움직임 하나로 검은 파도 속을 유영하며 모두에게 느슨한 연대감을 느낀다.

몇 년 전, 프로그램 〈무한도전〉에서 모델 홍진경 님이 '유럽춤'이라는 걸 춘 적이 있다. 파리나 베를린의 클럽에서 사람들이 추는 춤을 따라 춘 것인데, 약간 우스꽝스럽게 표현되면서 화제가 되었다. 해당 방송에서 출연자들은 홍진경의 춤을 보고 "뭐 하는 거냐", "이상하다" 심지어 "개불 같다"는 반응을 보이며 믿기 어려워했는데, 나는 홍진경의 유럽춤이 언더그라운드 클럽에서 추는 사람들의 움직임을 가장 잘 대변한다고 생각한다.

유럽춤의 요지는 과장된 움직임 없이 다른 사람의 공간을 침범하지 않으면서 음악에 맞춰 자연스럽게 리듬을 타는 것. 그 외 다른 화려한 기술은 필요 없다. 서서 고개만 까딱거려도 춤이고, 뒤꿈치만 들썩여도, 어깨만 흔들어도 춤이다. 사실 클럽에서 추는 춤은 내가 돋보이기 위한 화려한 퍼포먼스라기보다는 내가 이 공간에 융화되어 음악을 잘 듣고 있음을 표현하는 일종의 리액션 정도라고 생각한다.

"저는 춤을 못 춰서 클럽에 못 가요."

많은 사람들이 내게 이런 말을 한다. 춤은 확실히 클럽의 문턱을 높이는 심리적 허들인 것 같다. 하지만 클럽에서는 아무도 당신의 춤 실력을 평가하지 않는다. 그래도 두렵다면, 춤을 '춤'이라고 생각하지 말고 일종의 '대답'이라고 생각하면 어떨까? 누군가 말을 걸면 대답하듯 디제이가 음악으로 말을 걸었을 때 자연스럽게 음악에 몸을 맡기고 그저 움직이는 거다. 그러다 보면 우연히 당신에게 느슨한 소속감을 안겨줄 여러 물결들을 만나게 될지도 모른다.

이번 주 금요일, 기회가 된다면 언더그라운드 클럽에 방문해보는 건 어떨까. 디제이의 음악, 레이버들의 리액션을 즐기고, 더 나아가 그 속에 완전히 하나가 된 느낌까지 받아보자. 사실 그게 레이빙의 전부다.

피리 부는 사나이

클럽에서 만나 결혼했다는 커플의 소식이 주변에서 심심찮게 들려온다. 그만큼 클럽은 혈기왕성한 젊은이들이 모이는 사랑이 넘치는 곳. 나도 클럽에 갈 때 '혹시 오늘 멋있고 재밌는 사람을 만나게 되지는 않을까?' 내심 기대하게 될 때가 종종 있다. 각종 미디어에서 클럽에서의 만남을 돌이킬 수 없이 질 나쁘게 묘사해 놓았지만, 젊은이들이 모이는 곳에서 사랑이 꽃피는 것은 도서관이나 회사나 클럽이나 크게 다르지 않다. 적어도 내가 클럽에서 만나본 친구들은 예의와 유머를

겸비한 경우가 많았다.

그중에서도 단연 소식이 궁금한 한 친구가 있다. 가만히 잘 있던 마음도 괜히 싱숭생숭해지던 가을날, 이태원 어느 클럽에서였다. 혼자서 아무 생각 없이 춤을 추고 있는데 누군가 오른쪽 어깨를 톡톡 조심스레 두드리는 게 아닌가. 옆을 올려다보았을 때 조명에 비친 그의 외모에 한눈에 반하지 않을 수 없었다. 스크린에서나 2D로 볼 법한 인물이 내 앞에서 살아 숨 쉬고 있었다. 나보다 위로 머리가 세 개는 더 있을 것 같은 큰 키, 이마를 훤히 드러낸 스타일링, 그 아래로 길고 곧게 뻗은 눈썹, 깊고 반짝이는 동공까지… 아무튼 섬세하게 생긴, 한번 보면 잊을 수 없는 말문이 턱 막히는 외모였다. 수려한 외모의 이성 앞에서 뚝딱이가 되어버리는 나는 내 시점에서 한참의 시간이 흐른 후 "네?"라고 대답했다.

"저희 신발 똑같아요."

그는 신발 쪽을 가리키며 말했고, 과연 사이즈만 다른 두 개의 똑같은 신발이 나란히 보였다. 그때 막 인기를 끌기 시작하던 S사의 운동화였다. 아주 기막힌 우연이라고는 할 수 없었지만 색깔마저 똑같으니 저절로 웃음이 터져 나왔다.

"우리만 여기서 똑같은 거 신었어요."

우리만? 방금 우리만이라고 했어!! 세상에 크게 소리치고 싶었지만 떨리는 심장을 부여잡고 애써 태연한 척 “그러게요” 라고 대답했다.

그 이후의 대화는 꿈결같이 자연스럽게 흘러갔다. 그도 클럽에 혼자 왔으며, 아니나 다를까 특출한 외모에 걸맞게 직업은 모델이었다. 우리는 돌아가면서 술을 한 잔씩 사며 대화를 나눴다. 처음 보는 사람과 시끄러운 곳에서의 밀착 대화가 부담스러울 법도 한데 이 친구는 무례한 질문이나 조용한 곳에서 따로 이야기를 나누자는 부담스러운 제안을 전혀 하지 않았다. 대화의 주제는 좋아하는 음악 장르와 디제이, 자주 가는 클럽, 하는 일, 취미에서 더 나아가 선호하는 인간상과 삶의 가치관까지 나아갔다. 서로의 SNS까지 교환하는 것은 물론이었다. 한 살 한 살 나이를 먹어가면서 결이 맞는 사람을 만나기 결코 쉽지 않다고 느낀다. 호감을 가지고 대화를 나누다가도 어느 순간 핀트가 나가버리고 선명한 이야기가 아닌 흐릿한 이야기만 나누다 끝나버리는 대화가 얼마나 많았던가. 하지만 그 결이 맞는 사람을 내가 좋아하는 클럽에서 똑같은 신발을 신고 우연히 만난 것이다. 그는 단어 하나를 선택해도 상대방이 불편해하지 않도록 조심했다. 나는 어느새 슬며시 '운명'이라는 단어를 꺼내 들지 말지 고민하며 만지작거리고 있었다. 아니, 사실 처음 만난 순간부터 꺼내 든 것 같기도 하다.

이 친구는 요즘 말로 소위 핵인싸였다. 클럽 운영진 중에 지인이 있어 종종 자리를 비웠고, 바에서 일하는 사람과도 격의 없이 대화를 나눴다. 내 눈은 나도 모르게 계속 그의 뒤를 좇았는데 그는 클럽 여기저기를 배회하는 듯했고, 내 시야에서 사라지기 일쑤였다. 그가 중간에 집으로 돌아가버리지는 않을까 애를 태워야 했다. 그러다가도 그는 회귀본능이 있는 사람처럼 클럽 안에 있는 나를 찾아내 같이 시간을 보냈다. 우리는 그렇게 각자 춤을 추다가 자주 만나서 대화하며 날을 새웠다.

"이따 다섯 시에 같이 해장하러 갈래요?"

귓가에 흐르는 전자음악이 일순간 성스러워졌다. 마침 그의 뒤로 하얀색 조명이 쏟아져 내려 더욱 그러했다. 바라건대 그때 내가 제발 입을 안 벌리고 있었기를. 나는 둘이서 마주 앉아 해장국을 먹는 상상을 하며 내적 비명을 질러댔다. 그리고는 아무 일도 없었다는 듯 화장실로 걸어 들어가 무자비하게 화장을 고쳤다.

하지만 나의 운명은 그리 오래가지 못했다. 오전 다섯 시. 그는 클럽 입구에서 최소 일곱 명쯤 되어 보이는 여자들에게 둘러싸여 있었다. 내가 인지부조화를 겪으며 갑작스러운 현기증을 느끼고 있을 찰나, 그가 나를 발견하고 검지 손가락으로 길 쪽 방향을 가리키며 가자는 손짓을 했다.

"같이 가요!"

그러니까 해장하러 가자는 게 이렇게 많은 사람과 같이 가자는 뜻이었나. 그는 뒤를 돌아 식당을 향해 걷기 시작했다. 모든 여인들의 시선도 나를 향했다가 그를 따라 걷기 시작했다. 장관이었다. 잠깐, 이 어디서 본 듯한 장면, 기시감의 정체는 무엇인가. 그래, 피리 부는 사나이였다. 꼭 동화《하멜른의 피리 부는 사나이》에 있는 삽화 같았다. 맨 앞의 그는 피리 부는 사나이, 뒤를 따르는 여인들은 동화 속 수많은 아이들. 내가 운명이라는 단어를 윤이 나도록 만지작거리는 사이 그는 밤새 치명적인 매력으로 수많은 아이들을 모으고 있었다. 저렇게 잘생긴 사람이 말을 걸 땐 의심부터 했어야 했는데. 계속 이렇게 그를 따라가다가는 동화에서처럼 마을로 영영 돌아오지 못할지도 모른다는 두려움에 사로잡혀 중간에 방향을 틀어 이태원역 쪽으로 내려왔다. 그에게 너무 피곤해서 먼저 집에 가보겠다는 메시지 하나만을 남긴 채.

그 친구와는 자연스레 연락이 끊기게 됐는데 요새 SNS에서도 볼 수가 없고 뭘 하며 살고 있는지 알 수가 없다. 피리부는 사나이처럼 많은 사람들을 매력으로 사로잡는 일을 하고 있지 않을까. 그런 삶을 꿈꾼다고 했으니 부디 그러길 바란다. 가끔 신발장에 놓여 있는 S사의 운동화를 보면 그때가 떠올라 싱거운 웃음이 난다. 음, 버릴까 싶기도.

파티에 노트북 들고 가는 사람

나는 성수의 한 건물 외벽에 기대어 쪼그려 앉아 심각한 얼굴을 하고 있다. 내 옆을 무심히 지나쳐가는 사람들의 얼굴에는 어떤 활기와 기대감이 어려 있는데, 노트북을 무릎 위에 올려 놓고 와이파이를 도둑질하고 있는 내 신세가 개탄스러웠다. 2018년 영국의 음악 방송 플랫폼 보일러룸이 한국에 왔을 때다. 공연은 성수동 레이어57이라는 곳에서 열렸고, 이곳은 400평 규모의 인쇄공장을 리모델링해 만든 스튜디오로 그야말로 영화에서나 보던 웨어하우스 파티였다. 글로벌 아티스트 DJ 노부, 후니, 콜 슈퍼 등이 참여해 디제잉을 펼쳤고, 강연자로는 페기 구, 옥토 옥타가 참여했다. 쿵쿵대는 음악 소리가 계속 귀를 자극했다. 빨리 저 군중 속으로 풍덩 뛰어들고 싶었지만 내겐 회사원으로서 중요한 책무가 하나 남아 있었다.

당시 회사에는 자정에 주기적으로 해야 하는 운영 업무가 있었는데 사람의 판단이 필요한 일이라 예약 시스템을 사용할 수 없었다. 나의 즐거움을 위해서라면 운영 업무를 팀원들에게 그날 하루만 대신 해달라고 부탁할 수도 있었다. 하지만 일주일씩 돌아가면서 맡는 업무였고, 밤늦은 시간 해야 하는 일이어서 도저히 부탁의 말을 꺼낼 수가 없었다. 결국 뜨거운 열기가 가득한 행사장 한가운데서 노트북을 무릎 위에 올려놓고 행여나 와이파이에 문제가 생기지 않을까 전전긍긍하며 자정 전에 테스트를 진행했다. 이마에 주름이 깊어지는 느낌이었다. 무사히 업무를 완수하기는 했지만 무거운 노트북 가방은 파티 내내 즐거움을 반감시켰다.

“저기, 죄송하지만….” 이 말이 버릇처럼 입에 붙은 사람들이 있다. 옆 사람에게 말을 걸 때도, 일을 할 때도 혹은 식당에서도 말이다. 피해를 주거나 불편을 끼치는 것을 극도로 싫어하는 사람들은 대부분 부탁을 잘 못한다. 내가 보일러룸 행사장에서 굳이 쪼그려 앉아 혼자 일을 해낸 것처럼. 휴가를 갈 때도 인수인계를 하는 것이 미안해 웬만하면 내 선에서 모두 처리하고 떠나려 하고, 휴가지에서도 부탁하고 온 업무를 신경 쓰느라 마음 한구석이 어수선하다. 팀원 부재 시 백업을 위해 팀이 존재하는 것인데도 부탁을 하고 나면 마음이 복잡해지고 만다. 무엇보다 부탁을 잘 못하는 이유는 상대방의 입장을 내 선에서 헤아려보는 데 있다. '지금 이런 부탁을 하면 귀찮아하겠지?' 하지만 때로는 부탁이 귀찮은 일이 아니라 사람 사이의 경계를 허무는 역할을 하기도 한다는 걸 경험으로는 알고 있다.

평소 태도가 무례해 보이는 한 개발자 동료가 있었다. 말투가 매사 자신감에 차 있고 모든 일을 자기 생각대로 리드하려는 모습이 곱게 보이지 않았다. 그는 절대 함께 일하고 싶은 스타일이 아니었다. 하지만 신이시여, 슬픈 예감은 틀리지 않았고 그와 협업하게 되었다. 함께 하게 된 일은 난이도가 있는 업무였다. AI 기술을 활용해 음악을 추천하는 업무였고 나는 생전 처음 접하는 기술적인 용어와 개념에 지식이 필요했다. 혼자서 공부를 하고 기본 개념을 이해해보려 애썼지만 실무에 효과적으로 적용시키기에는 한계가 있었다. 그에게 부탁하면 뭔가 번뜩이는 기획 아이디어가 나올 것만 같았는데 선뜻 입이 떨어지지 않았다.

며칠간 고민하다 결국 큰맘 먹고 자리를 박차고 일어났다. 그의 자리 주변을 서성이며 눈치를 살폈다. 그는 업무에 열중해 있었고, 누군가 질문을 던지면 무심하고 귀찮다는 태도로 일관할 것만 같은 표정을 짓고 있었다. 그럼에도 용기를 내어 미리 준비해두었던 질문들을 그 앞에 풀어놓았다. 그런데 이게 웬일인가. 그는 일타강사처럼 상세하게 귀에 쏙쏙 박히는 설명을 건네주었다. 머릿속에서는 '아, 이런 원리로 서비스가 구현되어 있으니, 이런 식으로 발전시켜 나가면 되겠구나'가 한 번에 그려졌다. 게다가 꼭 알아야 할 개발 지식과 굳이 몰라도 될 지식을 구분하여 설명해주기까지 했다. 그는 귀찮기는커녕 약간 신이 난 얼굴이었다. 그간 아니꼽게 보였던 자신감에 찬 모습이, 확신에 차서 설명을 해주는 모습으로 좋게 발현되는 것을 목격한 순간 마음속에 약간의 충격이 일었다. 그와의 소통이 잦아지면서 프로젝트는 효율적으로 굴러갔고, 1년 남짓한 시간 동안 수많은 질문을 하며 많이 배웠다. 놀랍게도 절대 가까워질 수 없으리라 생각했던 그와는 밥 친구가 되었고 회사 옥상에서 자주 수다도 떨었다. 고된 회사 생활 중에 의지할 수 있는 동료를 하나 얻은 셈이다.

살다 보면 누군가에게는 의지하고 부탁할 일이 생긴다. 그리고 때로는 그 귀찮고 부담스러워 보이는 부탁이 사람과 사람 사이의 경계를 스르르 허물기도 한다. 당신의 예상과는 달리 당신의 부탁을 오히려 반갑게 여기거나 흔쾌히 들어주는 사람도 있을 것이며, 도움을 주는 것에 기쁨을 느끼는 사람도 분명히 있을 것이다. 그러니 민폐를 끼칠 것 같아 혼자 끙끙대지 말고, 때로는 부탁을 하고 도움도 구하자. 도움을 받았다면 받은 것을 배로 돌려주기도 하고, 그 핑계로 밥도 한 번 사면서 상대방과의 심리적 거리를 좁혀보자. 2018년 보일러룸 행사 때 팀원들에게 업무를 부탁했다면 그들은 아마 잘 놀고 오라며 흔쾌히 도와줬을 것이다. 그랬다면 나는 더 가벼운 손과 마음으로 놀 수 있었을 것이고, 그 소중한 도움을 받은 계기로 어떤 보답을 할까 진지하게 고민했을 것이며, 우리는 한층 더 가까워졌을 것이다.

어떤 도움도 주고받지 않는 삶은 너무 슬프지 않은가. 내가 남들에게 폐가 될까 봐 벽을 쌓고 있으면 그들도 내게 다가오기 어렵다는 것을 왜 몰랐을까. 쉽지 않겠지만 이제는 나만의 경계를 조금씩 허물고 그 사이로 부탁과 도움이 드나들 수 있도록 문을 열어둬야겠다. 보일러룸 행사장에서 페기 구에게 사진 좀 찍어달라고 잘만 부탁한 것을 보면 그 문은 이미 충분히 열려 있을지도 모른다.

이토록 향락적인

무더웠던 2020년 7월의 여름날, 나는 홍대 클럽 '모데시'에서 표정 없는 얼굴로 발만 까딱까딱하고 있다. 이태원 클럽발 집단 감염으로 인한 집합금지명령 이후, 춤을 출 수 없는 '노댄스 클럽' 형태로 오랜만에 모데시가 다시 오픈한 날이었다. 5개월 정도 방구석 레이빙만 하다가 드디어 클럽에 나간 그날, 조금 설레었다.

코와 입을 마스크로 꼼꼼히 가리고 입장한 클럽은 주말 밤임에도 불구하고 휑했다. 어느 정도 예상했지만 그렇게 썰

렁한 모데시는 처음이라 당황스러웠다. 클럽 입구에서는 신분증 검사와 더불어 QR 체크인과 체온 측정을 진행했다.

개방된 루프탑으로 올라가니 사람들은 모두 마스크를 쓰고 띄엄띄엄 앉아 있었다. 나도 구석에 멀찌감치 자리를 잡고 앉았다. 몇 개월 새 너무나 변해버린 클럽 풍경을 멍하니 구경했다. 취기가 오른 몇 사람이 자리에서 일어나 몸을 흔들자 스태프가 와서 "춤추면 음악 꺼야 돼요. 춤추지 마세요"라며 제지했다. 댄스 클럽에서 춤을 추지 말라는 아이러니가 믿기지 않았다. 올 초만 해도 여기서 신나게 몸을 흔들던 모습이 눈에 아른대는데, 가만히 앉아 있자니 꼭 벌칙을 받는 기분이었다. 조용히 리듬에 맞춰 발만 까딱일 뿐이었다.

나는 클럽이 취미다. 남들이 퇴근하고 고깃집에 둘러앉아 술 한잔하거나, 운동을 가거나, 영화를 보러 갈 때 이태원이나 홍대 클럽에 가서 음악을 듣는다. 평소의 각 잡힌 모습은 내려놓고, 조금은 흐트러져도 되는 곳. 국내 최고의 디제이들이 세련된 감각으로 음악을 트는 곳. 어둡고 뿌연 곳에서 심장이 울릴 정도로 큰 음악을 듣고 있으면 쌓였던 스트레스가 조금씩 녹아 없어진다.

그런데 그 모든 게 한순간에 재미가 없어진 것이다. 그렇게 30분 정도 앉아 클럽을 둘러보다가 친구와 눈이 마주치자 거의 동시에 뱉은 말은 "노잼이다"였다. 할머니 레이버가 되는 게 꿈이었는데, 내 인생에 클럽이 노잼이 되는 날이 다 오다니. 택시를 타고 집으로 돌아올 수밖에 없었다. 내 안의 일부분이 뚝 떨어져나간 것만 같은, 허전하고 씁쓸한 감정을 느꼈다. 이대로라면 나의 청춘을 함께한 클럽들이 모두 사라질 수도 있겠다는 생각마저 들었다.

그리고 슬프게도 그 예감은 어느 정도 사실이 되었다. 1994년 오픈한 서울의 언더그라운드 클럽의 아이콘과 같은 홍대 클럽 '명월관'이 2020년 9월 내로 문을 닫는다고 발표했다. 그동안 여러 어려움이 있었음에도 불구하고 절대로 문을 닫지 않은 클럽이었는데, 코로나로 인한 경영 악화가 결정적인 영향을 끼친 것 같다. 우리나라 1세대 클럽이자 서브컬처 역사의 상징과도 같은 공간이 사라진다니 그 안타까움은 이루 말할 수가 없었다. 다행히도 명월관은 2022년 자리를 옮겨 망원동에 재오픈을 했지만, 명월관뿐만 아니라 많은 클럽들이 코로나 시국에 폐업 위기를 맞았다.

정부의 코로나 2차 재난지원금 지급 대상에서 댄스 클럽은 제외되었다. 향락의 정도가 높아 국민 정서에 위배된다는 게 그 이유였다. 네덜란드는 이미 오래전에 티에스토라는 디제이에게 기사 작위를 수여한 바 있고, 영국은 중등교육자격시험에 디제잉을 정식 과목으로 포함시키기도 했으며, 독일 베를린에서는 코로나 시국에 시민들이 안심하고 즐길 수 있도록 지방 정부 차원에서 안전하고 합법적인 파티 장소를 물색했다. 그리고 2024년 3월, '베를린 테크노'는 유네스코 인류 무형 문화유산에 등재되기까지 했다. 반면 우리나라는 아직도 언더그라운드 댄스 클럽을 하나의 음악 문화가 아닌, 부비부비나 하고 원나잇이나 일삼는 일탈과 유흥으로 보는 시각이 팽배하다.

언더그라운드 클럽은 사상 최대의 위기를 겪었던 반면, 비슷한 시기 BTS를 두고 국가 차원에서 병역 연기 및 군 면제 필요성에 관한 논의가 진행되었다. BTS가 월드 스타로 발돋움할 수 있었던 대부분의 곡들은 전자음악을 기반으로 하고 있다. 그럼에도 불구하고 빌보드 1위 정도는 해주어야 '제대로 된' 음악 문화로 인정받을 수 있는 것일까. 좀 더 풍요롭고 멋진 케이컬처와 케이팝을 위해서라도, 음악 문화의 다양성을 인정해줄 수는 없을까.

몇 년 전 '버닝썬'에서 일어난 파렴치한 불법행위와 집단 마약 투여 사건이 클럽 이미지에 큰 타격을 입힌 것을 잘 안다. 또 일부 젊은이들의 경솔함으로 이태원 클럽에서 코로나 집단 감염이 발생한 것도 절대로 비난을 피해 갈 수 없을 것이다. 하지만 일부 안 좋은 사건으로 인해 전체 언더그라운드 클럽 문화가 매도당하지는 않았으면 좋겠다.

서울의 클럽들은 코로나 위기를 돌파하기 위해 여러 노력들을 진행했다. 테크노 클럽 '버트'와 '파우스트', '볼노스트'는 클럽 라이브 스트리밍을 진행하며 클럽과 아티스트를 위한 기부금을 모았고, '모데시'와 '헨즈'는 'Save the henz & modeci'라는 프로젝트를 진행하며 여러 디제이, 아티스트, 디자이너와 브랜드가 함께 콜라보한 제품을 판매했다. 이태원에 있는 클럽과 상점들에서는 힘을 합쳐 'Reply Itaewon', 'ITAEWONUNITED' 프로젝트로 티셔츠를 판매해 수익금 일부를 취약 계층을 위해 용산복지재단에 기부하기도 했다. 그들이 얼마나 이태원의 부정적인 이미지를 탈피하기 위해 노력했는지 알 수 있다.

하지만 이런 노력들은 부수적일 뿐이다. 강제 셧다운, 집합금지명령에 상응하는 지원이 정부 차원에서 이루어지는 것이 꼭 필요했다고 본다. 호스트바와 감성주점, 헌팅포차는 지원이 되지만, 클럽들은 지원 대상에서 제외되는 기준의 모호함도 반드시 개선되어야 할 부분이었다.

누군가에게는 '향락'이 생업이며, 누군가에게는 '향락'이 정체성이기도 하다. 나는 이토록 향락적인 대한민국의 언더그라운드 클럽이 앞으로도 쭉 향락적일 수 있기를 간절히 바란다.

무디맨인지 모기맨인지

디트로이트 댄스 음악의 전설 무디맨moodymann이 한국에 왔다. 1997년에 데뷔 앨범을 발표한 그는 독창적인 방식으로 다양한 장르를 넘나들며 그만의 음악 스타일을 개척해왔다. 하우스음악을 좋아하는, 아니 전자음악을 조금이라도 좋아하는 사람이라면 그의 이름을 듣고 가슴이 두근거리지 않을 수 없을 터. 그의 'Moodymann'(2014) 앨범의 〈Freeki Muthafucka〉는 내가 가장 많이 재생한 트랙 중 하나이기도 하다.

“무디맨이 온다고?” 침대에 누워 무심히 스크롤을 하다 그의 클럽 모데시 방문 소식을 접했다. 너무 놀라 그만 휴대폰을 얼굴에 수직 낙하시켜버렸고, 입에서는 아픔과 기쁨이 뒤섞인 새된 비명이 터져 나왔다.

그가 모데시에 방문하는 12월의 어느 금요일은 불과 내 생일 며칠 전이었다. 안 그래도 생일 주간이라 기분이 한껏 들떠 있는데 무디맨까지 볼 수 있다니 거리의 가로등 불빛들이 하트 모양처럼 둥실거렸다. 무디맨의 용안을 뵙기 전에 친구와 상수역 쪽의 한 위스키바에서 잠시 알코올로 심신을 단정하게 하기로 했다. 우리는 자못 비장한 눈빛으로 작게 외쳤다. “오늘 하우스음악의 전설을 볼 수 있는 거야.” 그를 곧 볼 수 있다는 기대에 취해버린 걸까. 우리는 비밀스러운 목소리로 그의 대단함을 읊어대며 너무 많은 시간을 흘려보냈다. 무디맨이라면 전국의 하우스음악 처돌이들이 총집합할 것을 예상했으면서도, “그래도 사람이 터질 만큼 많겠어?” 하는 다소 안일한 생각으로 냇가에서 풍류를 즐기는 선비처럼 그만 느긋해져버린 것이다. 가장 먼저 입장해서 디제이 부스 제일 앞쪽을 차지해도 모자를 판에. 아무리 생각해도 그놈의 술, 술이 문제였다. 다행히도 둘 중 한 명은 도중에 제정신이 돌아왔는지 그만 자리에서 일어나자며 서둘렀고, 추운 날씨에 옷깃을 여미며 빠르게 모데시로 향했다.

역시 무디맨은 무디맨이었다. 모데시 입구 밖까지 줄이 길게 늘어서 있는 상황을 보고 얼마간 가슴을 쳐야 했다. 이럴 때마다 늘 묻고 싶어진다. 이 많은 사람은, 감히 나의 친구라고 부르고 싶은 이 자들은 도대체 어디에 있다가 튀어나왔단 말인가. 케이팝 아티스트 콘서트 티켓은 1분도 안 되어 매진되는 등 그 위력을 미리 실감하기라도 하지, 언더그라운드 음악 팬들은 각자의 자리에서 조용히 활동하던 엑스맨들처럼 갑자기 현장에 요란하게 집결하는 느낌이다. 이번 엑스맨들은 특히 규모가 더 컸다. 나는 한 사람 한 사람의 모습을 신기한 듯 눈으로 좇으며 찬찬히 구경했다. 술을 한 잔만 더 마셨으면 아마 "어디에서 오셨나요, 친구?" 물었을 거다. 개중에는 얼굴이 익숙한 사람도 더러 있었지만 대부분 초면이었다. 그렇게 초면의 친구들과 함께 입구 밖에서, 계단 위에서 긴긴 기다림을 견디고 클럽에 입장할 수 있었다.

아아, 음악만 들어도 알 수 있었다. 무디맨 타임이었다. 하지만 귀가 즐거운 건 단 몇 초뿐, 내 앞에 펼쳐진 울창한 숲에 곧 절망하고 말았다. 사람들이 마치 빼곡한 침엽수림처럼 앞을 가로막아 한 치 앞을 내다볼 수도 나아갈 수도 없었다. 유난히 키가 큰 남성들이 많아 아무리 까치발을 들어도 무디맨의 모습을 볼 수가 없었다. 무디맨은 리스너들이 자신의 외형이나 퍼포먼스보다 음악에 집중하도록 선글라스나 마스크를 착용하여 고집스럽게 얼굴을 감추는 것으로 유명하다. 그게 그의 트레이드 마크이고 그 모습을 직접 보고 싶었다. 하지만 아무래도 망한 것 같다. 무디맨의 화려한 손놀림? 그건 디제이 부스 가까이 가야 하니 언감생심, 말할 것도 없다. 그럼에도 그의 음악은 눈부셨고 클럽 안의 열기는 뜨거웠다. 그는 하우스뿐만 아니라 재즈, 소울, 알앤비, 힙합 등 다양한 장르를 거침없이 오갔고, 직접 마이크를 잡고 능숙하게 리스너들의 호응을 불러일으키며 모두를 황홀한 세계로 이끌었다. 이곳은 서울이 아니었다. 디트로이트였다. 안 가봤지만.

그렇게 몇 분이 지났을까, 내 얼굴은 점차 흙빛이 되어갔다. 사람들에게 이리 치이고 저리 치여 종이 인형처럼 나부꼈다. 움직이지도 못하는 좁은 공간에서 들어오는 사람들에게 치이고, 나가는 사람들에게 치였다. 그날따라 원피스 위에 짧은 볼레로를 입었는데 볼레로가 자꾸만 흘러내려서 더욱 성가시게 만들었다. 어떤 사람들은 술을 잔뜩 마시고 흥분하여 플래시를 켜고 사진을 찍어댔고, 심지어 어떤 사람들은 어깨 위에 서로 손을 얹고 나를 밀치며 기차 대형을 만들어 디제이 부스 쪽으로 나아갔다. 표정이 점점 굳었다. 춤을 추기는커녕 제대로 서 있는 일에 집중하기 바빴다. 귀에 익은 무디맨의 대표곡들이 흘러나왔다. 사람들은 "이걸 여기서 직접 듣다니!" 하며 감격스러운 표정으로 환호했지만 나는 웃을 수 없었다. 댄스 플로어말고 다른 곳에서 무디맨을 볼 수는 없을까 주위를 둘러보았지만 루프탑으로 향하는 층계참 역시 사람들에게 점령당해 있긴 마찬가지였다. 아마 일찍 클럽에 입장했어도 사람들에 치이는 상황은 마찬가지였을 것이다. 오기로 댄스 플로어 앞쪽까지 겨우 나아갔다. 무디맨을 보려고 목을 하도 길게 뽑아대서 일시적으로 거북목 치료가 된 듯한 느낌이었다. 하지만 사람들 사이에 끼어 있는 걸 도저히 견딜 수 없어 얼마 지나지 않아 클럽 입구 쪽으로 도망치듯 나와버렸다. 거친 숨을 몰아쉬며 결국 하우스의 전설을 앞에 두고 경박한 말을 입에 올리고 말았다.

"무디맨인지 모기맨인지 다 됐고, 나 너무 힘들어."

그때부터 음악은 귀에 들어오지 않았다. 그렇지만 내내 기다리던 금요일이다. 아직 제대로 즐기지도 못했는데 이렇게 집으로 돌아갈 수는 없었다. 결국 친구와 나는 무디맨을 뒤로 한 채 새벽 세 시가 넘어 이태원으로 향했다.

우리가 도착한 곳은 이태원에 오픈한 지 얼마 안 된 신생 클럽 '아가'였다. 일정 간격을 두고 서서 자유롭게 춤을 추고 있는 사람들. 그래 이거지! 클럽에 들어서자 깨달았다. 내겐 사람과 사람 사이의 거리가 정말 중요하다는 것을. 사람이 꽉 들어차 옆 사람과 몸을 맞대고 있어야 할 정도의 뜨거운 열기의 클럽을 좋아하는 사람도 분명 있겠지만, 적어도 내 스타일은 아니었다. 나는 앞, 뒤, 양옆으로 적어도 한 걸음씩은 움직일 수 있는 공간이 필요했다. 비로소 음악을 견디는 것이 아니라 즐길 수 있게 되었다. 그래, 여기가 바로 나의 컴포트 존이다! 이 정도의 컴포트 존이 보장되지 않는다면 전설의 무디맨도 모기맨으로 전락해버릴 뿐. 친구와 나는 클럽의 불이 환하게 켜지고 문을 닫을 때까지 춤을 추며 놀았고, 그래도 아쉬워서 아가에서 만난 친구들과 함께 길 건너 '베톤부르트'로 옮겨 가서 해가 뜰 때까지 여흥을 즐겼다.

클럽에서든 일상에서든 사람 사이에는 지켜주었으면 하는 거리가 있다. 가끔 누군가 예고도 없이 불쑥 심리적 안전거리를 침범해 들어오는 경우가 있다. 얼마 전 이사를 했는데 지인과 오랜만에 온라인상에서 안부를 묻던 중, 이런 질문을 받았다.

"이사한 집 좋아 보인다. 매매예요? 방은 몇 개예요?"

신나게 타자를 치던 엄지손가락이 멈췄다.

"제 재산 상태가 궁금하신 건 아니죠? 하하."

사이가 불편해지는 걸 감수하고 그와 거리감을 유지하는 걸 택했다. 지인이 한 질문과 비슷한 세트 질문으로는 연봉은 얼마냐 되냐, 회사에서 주식은 얼마나 주냐, 책 팔아서 얼마나 받냐 같은 것들이 있겠다. 또한 남자친구가 있는지 없는지, 결혼은 왜 '못' 하는지, 아이는 더 늦기 전에 빨리 낳아야 한다든지, 그도 아니면 난자를 얼려둬야 한다든지 내 삶의 가치관과는 상관없는 충고를 하는 사람들도 있다. 프라이버시와 관련된 질문은 상대방과 심리적 거리가 충분히 가까워진 다음에 천천히 하는 게 예의다. 심리적 안전거리를 넘어서는 질문은 상대방의 내밀한 부분을 노력 없이 빨리 파악하고자 하는 이기적인 행동이 아닐까.

최근엔 압구정 로데오의 한 클럽에 갔는데 말 그대로 발 디딜 틈 없이 붐볐다. 밖에 비만 오지 않았다면 그냥 돌아갔을 수도 있었다. 원치 않게 인파에 밀리고 밀려 디제이 부스 왼쪽 깊숙한 곳까지 들어갔는데 바로 옆이 테이블이었다. 테이블을 잡은 손님이 내가 옆에 서 있는 게 못마땅했는지 다른 부위도 아니고 엉덩이로 나를 밀어대기 시작했다. 정말 하다 하다 못해 엉덩이에 밀리다니. 나 원 참, 결국 클럽을 빠져나올 수밖에 없었다. 역시 사람 사이의 최소한의 거리는 신체적으로든 심리적으로든 꼭 지켜져야 한다. 그 대단한 무디맨도 모기맨이 되어버리는 걸, 뭐.

아무 말도 더하지 않고

"클럽이나 열심히 다니면서 춤이나 추겠지."

그 말을 들은 순간이었을까. 그와의 관계가 정리되었던 건. 아니다. 사실 그와의 관계는 진작 끝나가고 있었다. 그 말이 불씨가 되었을 뿐.

정말 오랜만에 생긴 마음에 드는 이성이었고 잘해보고 싶었다. 그는 처음에 나를 무척 흥미로워했다. 그간의 좋지 못한 경험들로 인해 "나는 클럽에 자주 다니는 사람이고, 그걸 이해하지 못하는 사람이라면 만날 수 없다"라고 미리 그에게 못 박아 두었다. 처음에 그는 개의치 않는 듯 보였다. 마치 그런 것쯤은 신경 쓰지 않는 쿨한 사람처럼 행동했다. 하지만 그 태도는 오래가지 못했다. 내가 클럽에 간다고 하는 날엔 비언어적 표현으로 못마땅한 티를 잔뜩 냈다. 차라리 말로 싫다고 하는 게 나을 지경이었다. 그러다 어느 분위기 좋은 데이트 자리에서 결국 말이 튀어나오고 만 것이다. 대화 도중 "나 일주일 휴가가 생겼는데 뭘 하면 좋을까?"라는 질문에 그는 "클럽이나 열심히 다니면서 춤이나 추겠지"라고 비아냥거렸다. 나는 '이나'라는 조사가 누군가에게 중요한 것을 아주 쉽게 깔아뭉개는 표현이라는 것을, 또 상대에게 실망감을 한 번에 안길 수도 있는 표현이라는 것을 그때 실감했다. 그는 평소 잘 숨겨왔다고 여기던 속마음을 결국 들킨 셈이다. 그리 견고하지 않던 사이에는 쉽게 균열이 생겼고 영원한 안녕은 이르게 찾아왔다.

보통은 이렇게 우울한 날 친구를 찾아 술을 부어라 마셔라 할 테지만 나는 어김없이 클럽'이나' 찾았다. 그날 찾은 클럽은 이태원에 위치한 '링 서울'. 들어서자마자 빨간 조명과 함께 딥한 테크노 사운드가 나를 따뜻하게 감싸주었다. 다음 선곡을 위해 골똘한 눈빛으로 바이닐(레코드판)을 열심히 뒤적거리는 디제이의 모습과 함께 규칙적인 테크노 비트를 듣고 있으니 거의 명상도 가능할 지경이었다. 점점 다른 세계로 빨려 들어갔다. 낮에 있었던 일들이 멀게만 느껴지고 곧 마음이 깨끗이 정돈됨을 느꼈다. 이보다 더 완벽한 위로의 장소는 없었다. 그래, 이게 다인데. 내가 그에게 열 번도 넘게 클럽에 같이 가자고 했을 때, 단 한 번이라도 같이 와주었다면 비아냥거릴 일은 조금도 없을 텐데. 때로는 문턱 한번 넘으면 깨지는 편견들이 있다는 걸 사람들은 잘 모르는 것 같다.

#1.

A　음악을 좋아하신다고요.

나　네.

A　어떤 음악 좋아하세요?

나　장르 안 가리고 다 좋아하는데
　　전자음악을 특히 좋아해요.

A　그럼 음악 들으러 자주 다니시겠네요.

나　네. 그럼요.

A　클럽…?

나　네.

A ⋯. (어두운 표정)

#2.

B 취미가 뭐예요?

나 음악 들으러 다니는 거요!

B 어디로요?

나 클럽이요.

B 클럽 다녀요?

나 네.

B ⋯. (어두운 표정)

일상생활에서 숱하게 겪는 대화들이다. 아무리 세상 좋아졌다지만 우리 사회는 아직도 보수적이어서 클럽에 다닌다고 하면 안 좋은 시선으로 바라보는 일이 비일비재하다. 보수적인 집단과 대화를 나눌 때일수록 더욱 당당하게 나의 취미에 대해 말하려고 노력하지만, 그들의 급격히 어두워지는 표정을 보고 있노라면 조금은 위축되는 것이 사실이다. 언제부터 클럽의 이미지가 '술, 마약, 섹스'로 점철되어버린 것일까.

얼마 전 이슈가 된 한 OTT 드라마에서 재벌 2세들이 클럽 룸에서 단체로 마약을 하는 장면이 나왔다. 여전히 영화나 드라마 같은 미디어에서 클럽이 부정적으로 묘사되고 있는 것을 보면 안타까운 마음이 든다. 문제는 미디어에서 클럽을 묘사하는 방식이 매우 편협적이라는 점이다. 보통 미디어에서 묘사하는 클럽은 유흥을 주목적으로 한 대형 클럽이다. 노출이 심한 옷을 입고 춤을 추는 곳, 헌팅의 메카, 성범죄를 도모하는 곳, 재벌 2세가 일탈하며 마약을 하는 곳으로 그려진다. 물론 실제로 몇몇 대형 클럽에서 여러 사건 사고가 있었기 때문에 그런 연출이 아예 틀렸다고 할 수는 없다.

하지만 실제 언더그라운드 클럽의 분위기는 미디어에서 묘사하는 대형 클럽 분위기와는 많이 다르다. 유흥을 목적으로 온 사람도 있겠지만 음악을 즐기러 온 사람들이 훨씬 많다. 현재 한국의 여러 언더그라운드 클럽은 다양한 장르 기반의 디제이들이 각자 개성이 담긴 음악을 선보이고 있으며, 해외의 여러 레이블과 빈번하게 교류하고, 다양한 문화, 예술 전시 및 파티를 개최하는 등 한국 음악 신scene의 다양성 유지 및 발전에 큰 영향을 끼치고 있다. 그만큼 음악에 진심인 사람들이 종사하고 서브컬처가 꽃피는 언더그라운드 클럽도 많으니 가끔은 그런 소규모의 클럽들도 균형 있게 미디어에

노출되었으면 하는 바람이다.

그런 의미에서 정세랑 작가의 소설 《시선으로부터》에 등장하는 주요 인물인 지수의 직업이 클럽 디제이였을 때 얼마나 반가웠는지 모른다. 지수는 자신의 인생을 원하는 대로 살아갈 줄 아는 자유분방한 인물로 그려진다. 소설 속 디제이라는 직업이 긍정적으로 묘사된 것처럼 이제는 미디어나 매체에서도 그만 색안경을 내려놓고 클럽을 바라볼 타이밍이 아닐까.

작은 바람이 있다면 "취미가 뭐예요?"라고 누군가 물었을 때, "독서요", "헬스요", "여행이요"라고 답하는 것처럼 아무 말도 더하지 않고 "레이빙이요"라고 대답할 수 있는 세상이 오는 것이다. 그것이 너무 먼 미래가 아니었으면 좋겠다.

놀 수 없는 나라

2022년 10월 29일, 그날은 때 이른 추위에 숏패딩을 꺼내 입었던 날이다. 핼러윈을 앞둔 주말이었고 동네 펍에서 친구와 함께 조촐히 술을 마시고 있었다. 장난스레 친구와 "지금 이태원은 어떨까? 사람들 장난 아니겠네" 같은 대화를 나눈 기억도 있다. 밤 열한 시가 넘어 친구와 헤어지고 집으로 돌아가는 길에 휴대폰 메시지가 울리기 시작했다. '소람, 너 지금 이태원이야?', '이태원에서 사고 났대' 같은 내용이었다.

그날은 거의 잠을 이루지 못했다. 뉴스 속보와 SNS에 무분별하게 퍼지는 영상의 홍수 속에서 빠져나올 수 없었다. 13만 인파가 밀집한 영상 속 이태원은 기괴했다. 내가 수백 번도 더 오르락내리락했던 해밀턴 호텔 서쪽 골목은 지옥이었다. 믿을 수가 없었다. 아무리 그래도 지금은 2022년이고 저기는 서울 한복판인데, 뭔가 잘못된 거 아니야? 해밀턴 호텔에서 이태원 파출소와 소방서는 코앞이고 용산구청도 1킬로미터 이내인데? 하지만 이런 의심을 비웃기라도 하듯 뉴스에서 보도되는 사망자 숫자는 계속 늘어만 갔다. 100명이 훨씬 넘는 사람들, 내가 친구와 술을 마시며 시시껄렁한 농담을 주고받는 사이 같은 서울 하늘 아래 젊은 영혼들의 숨은 고통스럽게 꺼져가고 있었다. 내가 어찌할 도리가 없었다는 걸 알면서도 죄스러웠다.

열은 잠에 들었다 깨어났다. 땀을 많이 흘렸다. 악몽을 꿨다. 수많은 팔들이 나를 향해 살려달라고 손을 뻗어오는 꿈이었다. 일요일 오전이었지만 회사 동료들을 포함하여 많은 사람들로부터 연락이 와 있었다. 나는 괜찮다고, 어제 그곳에 없었다고 답을 보냈다. 그들에게 가장 많이 들었던 말은 '다행이다'였다. 네가 아니라서 다행이라는 그 말이 어쩌면 충분히 나였을 수도 있었다는 말처럼 들렸다. 정말 내가 될 수도 있었고, 내 친구들이 될 수도 있었다. 피부로 와닿는 아픔이었다. 나는 이 참사를 나의 일처럼 받아들이고 있었다.

10.29 이태원 참사로 떠오르는 감정은 슬픔보다는 분노와 무력감이다. 3년 만의 노마스크 핼러윈 축제였다. 대규모 인파가 모일 것을 지자체에서는 충분히 예견할 수 있었고 대비했어야 했다. 그러나 행정 책임자들은 "그전과 비교했을 때 특별히 우려할 정도로 많은 인파가 모인 것은 아니었다", "경찰이나 소방 인력을 미리 배치함으로써 해결할 수 있는 문제는 아니었다" 또는 "축제라면 주최 측이나 행사의 내용이 있어야 하는데 이것은 축제가 아니고 하나의 현상이라고 봐야 한다" 같은 무책임한 면피성 발언만 늘어놓았다. 하지만 과연 그럴까. 몇 년 전 핼러윈데이에 이태원에 갔다가 지하철역에서부터 꽉 찬 인파를 보고 기겁을 한 경험이 있다. 그때 같이 갔던 친구가 정신없이 걷다가 지갑을 잃어버려 집에 다시 돌아가야 했는데, 그 이후 웬만하면 핼러윈 기간에는 이태원을 방문하지 않는다. 그때도 이태원에는 위험하다 싶을 정도로 사람이 많았다. 이태원은 몇 년간 늘 같은 폭탄을 안고 있던 셈이다. 게다가 참사 전날 안전사고 관련 112 신고가 평소

의 1.5배 접수되었고, 그중 인파 관련 신고가 있었다고 하니 충분히 사고를 예견할 수도 있었다. 반면 이웃 나라 일본과 홍콩은 경찰의 통제 속에서 안전하게 핼러윈 행사를 치렀다. 주최 측이 없다며 뒷짐만 지고 있던 우리나라와 대비되는 모습이다.

무엇보다 나를 무력하게 했던 건 사회적 분위기였다. '사람이 그렇게 많은데 굳이 거길 왜 갔느냐'라며 개인에게 책임을 전가하는 목소리들이 너무 많았고, '나라 지키다 죽었냐, 술 먹고 놀다 죽은 거 아니냐' 등의 2차 가해가 팽배해 절망스러웠다. 결국 159번째 희생자는 참사 현장에서 소중한 친구 둘을 잃고 계속되는 2차 가해에 스스로 목숨을 끊었다.

대한민국이라는 나라는 유독 노는 것에 관대하지 못하다. 희생자들이 나라를 지키다 죽음을 맞았으면 많은 이들이 함께 눈물 흘려주었을까. 그랬다면 희생자들은 2차 가해에서 좀 더 자유로웠을까. 축제를 즐기다가 사망한 사람과 나라를 지키다 사망한 사람의 삶의 무게는 다른 것일까.

어느 다큐멘터리를 봤다. 내년에 결혼을 앞둔 예비 신랑이 이태원에서 예비 신부를 잃었다. 그날은 신부와 함께 웨딩드레스를 보고 온 날이었다. 그는 신부를 지켜주지 못해서 미안

하다는 말만 되풀이했다. 그런데도 사람들은 댓글 창에서 함부로 목숨의 무게를 저울질하고 있었다. 나라를 지키다 죽은 게 아니라고. 음악과 술에 취한 죽음이라고. 그런 말들은 나를 얼어붙게 만들었다. 결국 내가 들을 수도 있던 말이다. 뿐만 아니라 유가족의 슬픔을 존중하고 충분한 애도의 시간을 가지기도 전에 참사는 빠르게 정치적으로 이용되었다. 그 모습에 신물이 났다.

나는 놀 수 없는 나라에서 태어났다. 3년 만의 노마스크 핼러윈 축제에 거리로 쏟아져 나온 젊은이들. 나는 그들에게서 일탈의 욕망을 보았다. "지금 이 시간에도 적들의 책장은 넘어간다." 우리는 어려서부터 놀아서는 안 된다는 강박에 시달리며 자랐다. 휴대폰도 학교에 제출해야 하고 밤늦게까지 공부했으며 제대로 된 휴식권도 보장받지 못한 경우가 많았다. 이뿐인가. 대한민국 청년은 취업난, 연애, 결혼, 출산 포기, 번아웃, 우울증과 같은 단어로 곧잘 설명된다. 그런 지루하고 힘든 일상에서 벗어나 특별한 이벤트를 즐기고 싶어 하는 욕망은 지극히 자연스럽지 않나. 특별한 코스튬을 하고 모르는 사람과 같이 사진도 찍고 춤도 추고 술도 마시는 그런 날도 하루쯤은 있어야 한다. 하지만 파티 문화가 발달한 외국에 비해 한국은 상대적으로 젊은이들이 보편적으로 즐길 만한 파티나 축제가 적다. 나는 오히려 젊은이들이 핼러윈 축제에 몰리지 않아도 될 만큼 더 다양한 축제들이 생겨야 한다고 본다. 우리는 편견 없는 다양한 사회에서 더 자유롭게 놀 수 있어야 한다.

해밀턴 호텔 서쪽 골목은 '10.29 기억과 안전의 길'이라는 이름이 붙었다. 나는 1년 만에 그 길을 조심스레 오르며 그들의 희생을 토대로 이태원이 조금은 더 안전해질지도 모르겠다는 생각을 했다. 하지만 끝내 죄스러운 마음이 차올랐다. 애도기간 동안 분향소를 찾은 시민들이 가장 많이 남긴 말 또한 '미안하다'라고 한다. 시간이 지나면 모든 감정이 흐릿해지기 마련이지만 이 미안한 마음만큼은 잊지 않고 기억해야 할 것이다. 그리고 우리 모두의 안전을 위해 제대로 된 진상규명과 재발방지 대책이 이루어지는지 함께 지켜보아야 할 것이다. 하루빨리 핼러윈데이에 이태원에 사람이 북적이는 모습을 보고 싶다. 많은 이들이 모여 안전하게 파티와 축제를 즐기고 모두 무탈하게 집에 돌아갔으면 좋겠다. 그렇게 만들어야 한다. 그것이 우리가 할 수 있는 최선의 애도일 것이다.

뜨거운 밤은 가고 남은 건 볼품없지만

동이 틀 무렵, 클럽을 빠져나와 택시에 지친 몸을 싣는다. 택시 뒷좌석에 반쯤은 몸을 눕힌 채 창밖을 바라보면 아직 취기가 남아 비틀거리는 이태원의 풍경이 빠른 속도로 스쳐 지나간다. 귀에서는 여전히 베이스 음이 웅웅거리고, 가만히 눈을 감으면 화려한 조명 아래 춤을 추는 사람들의 실루엣이 어른거린다. 그러다 택시가 한남대교 위를 지나면 감았던 눈을 뜨고 차창 너머로 붉은색에서 푸른색으로 밝아오는 하늘을 바라본다. 이때 밀려오는 감정은 어떤 쓸쓸함이다.

어렸을 때부터 내게는 약간 이상한 증상이 있었다. 어린이들의 마음을 두근거리게 하는 가장 큰 행사인 소풍이 다가오면 나는 일주일 전부터 입을 옷을 미리 고르며 들떠 했다. 그러다 막상 소풍 장소로 향하는 버스 안에서는 기분이 한없이 가라앉아 그저 배낭을 끌어안고 뒷좌석에 심드렁하게 처박혀 있고는 했다. 이 증상은 성인이 되고 나서도 비슷했다. 어떤 중요한 이벤트가 있으면 그것을 준비하는 과정이 훨씬 설렜고, 막상 그 이벤트가 닥치면 담담해지는 식이다. 페스티벌은 숙소를 예약하며 기다리는 기간이 더 재밌었고, 막상 당일이 되면 감흥이 떨어졌다. 글쓰기 공모전에 당선된 날 기쁨의 눈물을 줄줄 흘렸으면서도, 며칠 후에는 글쓰기 공모전을 준비하는 과정이 더 즐거웠다고 회상하기도 한다. 심지어 최근에는 아껴 보던 드라마의 마지막 화를 끝끝내 보지 않고 남겨두고 있다. 어렸을 때부터 반복되는 패턴인 것 같아 주기적으로 다니는 정신건강의학과 선생님에게 상담도 해보았으나 뚜렷한 병적인 증상은 아니라고 했다. 곰곰이 생각해봤을 때 아마도 나는 기대했던 순간이 끝나버리는 걸 두려워하는 것 같다. 그게 너무 두려운 나머지 오히려 무엇인가가 시작되기 전의 과정을 즐기고, 끝을 최대한 미루는 건 아닐까.

소설이나 영화, 음악뿐만 아니라 모든 일에는 결말의 단계가 있다. 레이빙도 마찬가지다. 내 마음대로 정의해보자면 레이빙의 구성은 전개, 절정, 결말로 이어지는 3단계 정도가 된다. 춤을 추러 가기 전 주로 술을 마시며 흥을 돋우는 전개의 단계, 클럽에서 흥을 발산하는 절정의 단계, 그리고 레이빙을 마무리하는 결말의 단계이다. 나는 전개의 과정을 가장 좋아하고, 절정에서 결말로 이르는 단계를 두려워한다.

인스타그램을 통해 좋아하는 베뉴에서 좋아하는 디제이가 플레이한다는 포스터를 보면 며칠 전부터 설렌다. “네가 오후 네 시에 온다면, 나는 세 시부터 행복해질 거야.” 마치 어린왕자의 여우 같은 마음으로. 그리고 파티 당일, “열두 시까지 이태원역에서 만나”라고 친구와 약속을 잡아 두고 집에서 여유롭게 노래를 들으며 샤워를 한다. 그날의 분위기에 맞는 옷을 골라 입으며 오늘은 어떤 일이 일어날까 상상해보는 과정이 어찌 즐겁지 않을 수 있을까. 끝으로 룩에 맞는 신발을 신고 집을 나서며 앱으로 미리 잡아둔 택시를 타고 이태원으로 향할 때, 한남대교를 건너기 전부터 이미 두 발을 들썩이며 박자를 탄다. 그렇게 20분쯤 달려 이태원에 도착하면 주로 클럽으로 직행하지만 가끔 친구와 담소를 나누러 근처

음식점이나 펍에 가기도 한다. 여기까지가 내가 가장 좋아하는 전개의 단계이다. 아직 아무 일도 일어나지 않은, 기대감에 부푼 단계.

이어서 절정의 단계가 쭉 유지되면 좋겠지만 결말의 단계는 어김없이 찾아온다. 밤을 꽉 채워 신나게 놀았으면 어떤 만족감이 찾아올 법도 한데, 시끄럽고 화려했던 파티가 끝나면 공허함은 늘 나를 찾아와 문을 두드린다. 때로 엄청난 허기로 찾아오기도 하고, 불면으로 찾아오기도 한다. 그래서 해가 환하게 뜰 때까지 동네를 정처 없이 걷기도, 친구들을 붙잡고 늘어지며 계속 먹고 마시기도 하며, 이미 날은 밝았는데 잠에 들지 못하고 지난밤의 사진을 계속 넘겨 보기도 한다. 다 지나간 절정의 순간을 다시 맞이할 수 있기라도 하듯이.

이태원, 홍대에서 우리 집까지 소요되는 택시비는 평균 왕복 4만 원. 내가 2014년부터 본격적으로 돈을 벌기 시작했고, 일주일에 평균 두 번 정도 클럽을 다녔다고 치면, 클럽에 쏟아부은 택시비만 해도 4천만 원이 넘는다. 지금까지 살면서 적어도 4천만 원어치의 쓸쓸함을 느끼고 깨달은 점은, 무언가에 탐닉했을 때는 그 뒤에 그림자처럼 따라오는 공허함을 맞이할 용기도 있어야 한다는 것이다. 늘 절정인 상태라면 그것은 더 이상 절정이 아니므로. 그리고 그 공허함 또한 절정의 순간을 맛본 자들에게만 찾아오는 특별한 순간이라는 것도.

더위가 가시고 갑자기 서늘한 바람이 불어올 때도 비슷한 허무를 느낀다. 한 해의 가장 뜨거운 순간이 가버린 느낌이다. 캐럴이 흘러나올 때보다도 이 순간이 1년의 결말을 향해 달려가는 느낌이라 왠지 모르게 더 서글프다. 아무래도 절정의 순간이 유한하다는 것을 알려주려고 계절은 계속 흘러가나 보다. 우리는 모든 환희의 순간이 끝나고 난 후, 예를 들면 뜨거운 사랑이 끝난 후, 또는 피, 땀, 눈물이 들어간 일을 마친 후에도 비슷한 감정을 느낀다. 어떤 만족감이나 추억, 가르침을 얻는 것은 그 후의 일이다. 그러니 우리는 유한한 절정의 순간을 남김없이 잘 누려야 할 것이며, 절정이 지나간 자리에 찾아오는 공허함을 잘 다독여 일상을 살아 나가야 할 것이다. 위로가 되는 부분이 있다면 절정의 순간이 유한하듯, 공허함이 깃든 모든 결말의 순간도 끝이 난다.

어느 겨울, 광란의 레이빙 후 새벽 다섯 시 반에 친구들과 맥도날드에서 스낵랩을 먹다가 충동적으로 양양으로 떠난

적이 있다. 절정의 순간을 최대한 연장하고 싶은 마음이었다. 휴게소에서 쪽잠을 자가며 이를 악물고 떠났다. 그렇게 날이 밝아 낙산사 근처의 한 고즈넉한 찻집에 도착했는데, 그곳에서 바다를 바라보다가 문득 이런 생각이 들었다. '후회 없이 절정을 누리고 그 뒤에 따라오는 공허함을 용기 있게 받아들이는 자세도 필요하지만, 인생에서 공허함을 느끼는 시기를 최대한 짧게 줄여보는 것도 방법이 아닐까?' 붉은색의 오미자차를 티스푼으로 휘휘 저으며 다짐했다. 다가오는 결말이 무섭지 않도록 새로운 전개와 절정의 단계를 내 인생에 촘촘히 세워두자고. 앞으로 내 캘린더를 재미난 이벤트와 목표로 가득 채우자고. 그렇다면 내 인생은 공허와 허무보다는 설렘과 기대가 차지하는 비중이 훨씬 더 커질 테니까. 누군가는 반복되는 루틴이 일상을 지키는 힘이라고 할지도 모르지만, 누군가는 내 인생이 도파민에 절여진 삶이라고 할지도 모르겠지만, 이런 삶도 있는 거다. 어느 겨울 충동적으로 떠난 양양에서 나는 스스로에게 작은 처방을 내렸다. 얼음이 찻잔에 부딪치는 소리가 청아했다.

택시가 익숙한 동네에 들어선다. 오늘도 약간의 숙취를 안고 집에 돌아와 열심히 화장을 지운다. 거울 속에 낯선 내가

서 있다. 너무 열심히 춤을 췄는지 운동화를 신었는데도 발이 살짝 아프다. 씻고 나와서 라면을 끓여 먹을까 잠깐 고민하지만 피곤함이 허기를 이겨 이내 침대에 드러눕는다. 오늘도 유한한 절정의 순간에 모든 것을 쏟아부었기 때문에 후회는 없다고 자부한다. 당분간은 클럽에 가지 않아도 괜찮을 것 같다고 생각하지만, 나는 안다. 밀려오는 졸음에 감았던 눈을 뜨고 나면 또 다른 재밌는 이벤트로 캘린더를 열심히 채우고 있을 나라는 걸.

2장

젊은 걸까, 취한 걸까

너와 나의 연결고리

꼬불꼬불 파마머리에 앞머리는 닭 볏처럼 세우고 반짝이 머리띠 하기. 잘하면 옆 사람 칠 듯한 어깨뽕 재킷을 입고 미니스커트에 굽 높은 힐 신기. 마지막으로 눈두덩이에 아이섀도 서너 개를 진하게 덧칠하기. 우리 엄마의 대학 시절 디스코텍 패션이다. 엄마는 학생 시절 주머니 사정이 넉넉하지 못했지만 디스코텍에 갈 때만큼은 패션에 신경을 썼다. 공작새처럼 잔뜩 꾸미고 디스코텍에 가서 거울 앞에서 춤을 추며 본인의 모습에 만족하기도 했고, 더 화려하고 큰 날개를 가진 공작새가 뽐을 내면 기가 죽기도 했다. 맨발에 힐을 신어서 굳은살이 배기고 아팠지만 양말을 덧신거나 멋을 포기하는 일은 결단코 없었다.

엄마는 1980년대 종각을 누비는 혈기왕성한 젊은이였다. 그 시절 종각은 주로 학생들이 다니는 지역이었고, 을지로, 명동 쪽은 사회인들이 많이 다니는 지역이었다. 엄마는 주로 종각 쪽의 1.2.3(원투쓰리), 팽고팽고, 코파카바나와 같은 디스코텍을 누비며 흥을 즐겼다. 당시 학교에 영 마음을 붙이지 못해 방황했고, 무려 주 7일 디스코텍에 다녔다. 주중에는 학교 끝나고 곧장 디스코텍에 가서 친구들과 춤을 췄고, 주말에는 아빠를 만나 데이트하며 춤을 췄다. 여러모로 성실한 생활이었다. 그렇게 매일 얼굴도장을 찍어 친해진 웨이터들도 여럿이었다.

엄마는 잔뜩 멋을 부리고 디스코텍에 가서는 음료권만 사서 놀았다. 음료권이란 지금으로 치면 클럽 입장료를 내고 받는 프리 드링크 쿠폰 같은 것이다. 엄마는 춤에 진심이었다. 테이블을 잡는 것이나 부킹 따위에는 딱히 관심이 없었다. 디스코텍에 당시 남자친구인 아빠를 데리고 가서 친구들의 눈총을 받기도 했으니 말 다했다.

어린 시절 엄마는 할아버지가 전축을 틀어놓으면 누가 시키지 않아도 땀을 뻘뻘 흘리며 하루 종일 춤을 추던 아이였다. 그 아이는 그대로 자라 디스코텍 거울과 스피커 앞에서 열정적으로 춤을 추는 어른이 되었다. 런던 보이즈의 〈Harlem Desire〉나 사라의 〈Tokyo Town〉 또는 스모키의 〈I'll Meet You at Midnight〉의 시작 부분이 흘러나온다 싶으면 무대 앞으로 달려나가 무아지경에 빠져들었다. 잘생긴 오빠 레이프 가렛의 노래는 특히 더 좋아했다.

새벽 한두 시쯤이 되면 "이제는 우리가 헤어져야 할 시간" 작별 노래가 나오며 디스코텍의 조명이 환해졌다. 갑자기 어두웠던 실내가 밝아지고 적당히 미화되어 보였던 상대방의 얼굴이 사실적으로 보이기 시작한다. 엄마는 조금 민망하고 아쉬운 마음을 안고 친구들과 함께 디스코텍을 서둘러 빠져나올 수밖에 없었다. 그렇게 디스코텍을 나오면 거리에는 포장마차 행렬이 늘어서 있었다. 늦은 시간까지 춤을 추며 에너지를 잔뜩 소비한 젊은이들의 출출함을 달래주기 위해서다. 엄마는 무너진 화장을 한 채 가락국수에 소주 한 잔을 곁들이며 친구들과 오늘 팽고팽고에서의 소회를 담담히 나누었다. 건강하고 아름다운 젊은 날이었다.

그러니까 이게 다 엄마 때문이다. 아니, 덕분이라고 표현하겠다. 그 엄마에 그 딸이라고, 내가 유별나게 춤을 좋아하게 된 데에는 다 이유가 있다. 외모부터 성격까지 엄마와 닮은 구석이 별로 없다고 생각했는데, 웬걸 춤을 좋아하는 것만큼은 똑 닮았다.

나는 어린이 시절 레코드 가게 앞을 지나면 그 앞을 그냥 지나치지 못하고 흘러나오는 음악에 맞춰 길거리에서 춤을 춰댔다. 엄마는 아직도 서태지와 아이들 음악을 들으면 자연스레 그 시절의 나를 떠올린다. 더 어린 시절엔 동네 마트에서 유모차에 얌전히 타고 있다가 갑자기 사라져서 엄마를 몇 번 식겁하게 만들곤 했는데, 그럴 때면 어김없이 근처 어딘가에서 흘러나오는 음악에 춤을 추고 있었다고 하니 엄마의 유전자가 확실히 이식된 게 틀림없다. 그때 엄마에게 엉덩이를 두들겨 맞은 걸 생각하면 조금 억울하다. 그저 엄마를 닮았을 뿐인데. 조금 더 자라고 나서는 H.O.T., S.E.S., 베이비복스, 엄정화, 김현정의 노래에 맞추어 틈만 나면 몸을 흔들었다. 엄마는 재밌다는 듯 그 모습을 비디오 카메라에 고스란히 담아두었는데, 지금도 부모님 집에 가면 낡은 박스 안에 '소람-H.O.T. 춤' 같은 라벨이 붙은 테이프가 수두룩하다.

대학교 때 댄스 동아리에 가입하면서 본격적으로 서울 시내 클럽을 전전했다. 엄마와 내가 유일하게 다른 점이 있다면 나는 굽 높은 힐은 절대 신지 않는다는 것이다. 물론 아웃핏도 포기할 수 없지만 발이 아프면 신경이 온통 발로 쏠려 아무것에도 집중할 수 없기 때문에 나는 무조건 편안함을 우선으로 추구한다. '편안함 속에서 진정한 흥이 나온다'는 그때부터 지금까지 유지하고 있는 나만의 절대 원칙이다. 그걸 제외하고는 엄마의 춤 DNA는 놀라울 만큼 내게 충실히 발현되었다. 심심하면 학교 끝나고 한두 시간씩 디스코텍에서 춤을 췄다는 엄마를 닮아, 그녀의 큰딸은 퇴근하고 종종 헬스클럽에 가듯 클럽에 들러 춤을 추고 있다.

(늘 그런 건 아니지만) 클럽에 마지막까지 남아 불이 켜지고 나오는 것까지도 닮았다. 엄마는 새벽 두 시에 나와서 가락국수에 소주를 먹지만 나는 새벽 다섯 시에 나와 해장국을 먹거나 택시를 잡아타는 게 다를 뿐이다. 이렇게 적고 보니 1980년대나 2020년대나 노는 문화가 크게 다르지 않아서 재밌다. 춤은 세대를 초월하는 강력한 연결고리다. 사실 엄마는 내가 조선시대 사람이라고 부를 정도로 모든 면에서 보수적인 편인데 이쪽으로는 말이 좀 통한다. 그래서 갓 스무 살이

됐을 때 친구들에 비해 밤새 자유롭게 클럽을 누빌 수 있었다. 얼마나 다행인지 모른다.

아쉬운 점이 있다면 아직 엄마의 주 7일 레이빙 기록을 깨지 못했다는 사실이다. 그 기록을 깨려면 아무래도 시간이 좀 걸릴 것 같다. 청출어람 해야 하는데, 더 분발해야지.

내가 진짜 추고 싶었던 건

"다시, 다시."

선배들의 매섭고 단호한 지시에 이마에서는 땀방울이 후드득후드득 그칠 줄 모르고 떨어졌다. 초긴장 상태에서 옆 친구와 팔을 뻗는 각도며 손가락 모양까지 다르지 않도록 바짝 신경을 썼다. 나 하나 때문에 친구들이 동작을 처음부터 다시 하게 할 수는 없었다. 모두 같은 마음가짐이었을 것이다. 벌써 세 시간째 추는 춤, 이제 춤인지 살아남기 위한 몸부림인지 분간이 되지 않았다. 사이렌과 함께 요란하게 시작되는

푸시캣 돌스의 〈When I Grow Up〉 전주가 흘러나오고 언제 지쳤었냐는 듯 다시 치명적인 표정을 지으며 춤에 임했다.

어느 연예인의 후일담처럼 나는 친구 따라 대학교 댄스 동아리 오디션을 봤다가 운 좋게 합격한 케이스였다. 그때 오디션 곡은 애프터스쿨의 〈AH〉였다. 오디션 곡을 연습할 시간도 별로 없어서 대부분의 동작을 프리스타일로 때웠던 기억이 난다. 차마 눈 뜨고 보기 힘든 실력이었을 텐데 고등학교를 갓 졸업한 스무 살짜리가 가오리핏 맨투맨을 입고 열심히 파닥거리자 그 모습이 가엽고 기특해서 뽑아준 게 아닐까.

그렇게 부푼 꿈을 안고 시작한 댄스 동아리는 의외로 신선한 지옥이었다. 우선 군기가 너무 심했다. 인사는 항상 90도로 해야 했고, 선배님이 아니라 꼭 언니라고 불러야 했으며, 언니가 멀리서 자그맣게 보이면 그냥 지나가는 것이 아니라 뛰어가서라도 인사를 해야 했고, 언니가 문자에 답장을 마지막으로 하게 두어서는 안 됐다. 또 춤 연습은 무슨 일이 있어도 빠질 수 없고, 무엇보다 동아리 탈퇴는 팀원들을 버리는 파렴치한이 되는 짓이었다. 게다가 춤을 추려면 기초체력이 필요하다면서 윗몸일으키기, 팔굽혀펴기, PT 체조 등 다양한 체력 훈련을 했는데 이런 훈련이 필요하다는 것을 마음 깊이 인정하면서도 너무 힘들고 싫었다. 그저 하고 나면 배가 고플 뿐. 이런 똥군기가 있던 시절이었다. 이제 와서 그들을 탓하지는 않는다. 그 시절 동아리 문화였으니.

그중 무엇보다 가장 싫었던 건 재미를 잃게 만드는 강제성이었다. 나는 그저 춤을 즐겁고 재미있게 추고 싶었을 뿐인데, 동아리에서는 마치 지금의 '스우파' 급의 완성도 있는 무대 퀄리티를 원했다. 그러기 위해서는 엄청난 연습량이 필요했다. 학교 축제나 정기 공연이 있을 때는 하루에 여덟 시간도 넘게 연습을 했다. 주말이고 뭐고 없다. 내가 댄서인지 학생인지 구분이 되지 않았다. 그 와중에 나는 내가 춤에 소질이 없다는 사실을 깨닫기까지 했다. 춤에 재능이 있는 친구들을 매일 가까이에서 보며 느꼈다. 타고난 자와 그렇지 않은 자의 표정과 움직임의 차이를 말이다. 그때 느낀 좌절감이란. 나는 동작을 숙지하는 시간이 친구들에 비해 두 배 정도는 더 걸렸다. 아마 내가 춤에 재능이 뛰어났더라면 하루에 여덟 시간 연습 정도는 기꺼이 참아낼 수 있었을지도 모른다.

"소람아, 넌 눈이 너무 말똥말똥해."

하루는 선배가 이런 지적을 한 적이 있다. 팀발랜드의

〈The Way I Are〉이라는 공연 곡에 맞춰 파워풀한 동작을 소화해야 하는데 내가 눈을 너무 말똥말똥하게 뜨고 거울을 보며 춤을 추더란 말이다. 이때 마음속에 그나마 있던 열정마저 조용히 사그라들었다. 만약 내가 즐기면서 춤을 췄더라면 표정 연기까지 했을 텐데, 동작을 겨우 따라 하느라 눈을 크게 뜨고 거울로 내 모습만 쫓고 있던 거다.

여럿이서 칼군무를 절도 있게 소화하는 것도 멋지다고 생각하지만, 그저 좋아하는 음악에 맞춰 자유롭게 몸을 흔들고 싶었다. 하지만 그 후로도 몇 날 며칠을 춤 연습에 강제로 매진해야 했다. 대동제 공연이 얼마 남지 않았고 내가 중간에 빠지면 동선이 바뀌어서 팀에 피해가 가기 때문이다. 결국 친구들과 화려한 공연 의상까지 맞춰 입고 연습을 계속 이어가다 공연 막바지 연습에 돌입했을 즈음 일이 터졌다. 하기 싫은 마음과 공연에 대한 부담감, 그리고 엄청난 연습량에 따라주지 않는 몸뚱이 삼박자의 궁합이 훌륭히 맞아떨어져 다리 부상이라는 결과를 낳았다. 상태는 생각보다 심각해서 걷기도 힘든 지경에 이르렀고 급기야 병원에서는 휠체어의 힘을 빌리기도 했다. 이제는 정말 그만할 수밖에 없었다. 1년이 채 안 되는 동아리 생활의 끝이었다.

동아리 활동이 없는 학교 생활은 허전할 줄 알았는데 사실 무척 자유롭고 좋았다. 내게 동아리 활동은 큰 굴레와 속박이었던 것이다. 그래도 동아리 활동으로 음악과 춤을 사랑하는 친구들을 얻은 수확이 크다. 그들과 홍대 이곳저곳을 누비고 다녔다. 동아리를 그만두고 얼마 지나지 않아 홍대 힙합클럽 큐보에서 자유를 만끽했다. 마구 흐트러져도 된다니, 다른 사람 신경 쓸 것 없이 마음 가는 대로 춤을 출 수 있다니, 누구도 나한테 지적하지 않는다니! 신난다. 너무 신이 나 방방 뛰었다. 나는 춤을 좋아한다기보다 음악에 맞춰서 내 마음대로 몸을 흔드는 것을 좋아하는 막춤꾼이었던 것이다. 막춤이라고 하면 어감이 별로니 프리스타일 댄서라고 불러주면 좋겠다, 에헴.

약 1년간의 고행 끝에 얻은 깨달음이 있다면 춤은 음악에 몸을 맡기고 느낌 가는 대로 춰야 한다는 것이다. 우리네 인생에는 정해진 대로 해야 하는 일이 참 많다. 정해진 시간에 출근해야 하고, 일을 끝내야 하고, 세금을 내야 하고, 할부금을 갚아야 한다. 하다못해 쓰레기도 정해진 시간에 내다 버려야 하는 법. 규칙이 난무하는 세상 속에서 춤만큼은 좀 자유롭게 추면 안 되나. 그게 춤의 매력이 아닐까. 일상의 정해진 틀에서 벗어나 춤출 때 조금은 흐트러진 모습의 내가 마음에 든다. 그런 사람들이 모여서 만들어내는 분위기도 좋아한다. 춤은 처음부터 끝까지 느낌 가는 대로 할 수 있다. 이것이 내가 레이버가 된 중요한 이유 중 하나다.

얼마 전, 내가 일하고 있는 뮤직 서비스에 '05학번 힙합'이라는 제목을 달고 2000년대, 2010년대 유행하던 음악으로 플레이리스트를 만들었다. 05학번이면 나보다 윗 세대이긴 하지만 힙합클럽에서 듣던 음악은 비슷했으니 선곡은 누구보다 자신 있었다. 투팍, 닥터 드레, 제이지, 스눕독, 피프티센트, 핏불, 플로 라이다 등 추억의 음악을 선곡하며 절로 몸이 둠칫거렸다. 그 시절 자유롭게 흐느적거리던 모습이 떠올라 입가에 웃음이 새어 나왔다. 문득 그 시절 나와 같은 공간에 있던, 얼굴도 모르는 사람들의 안부가 궁금해진다. 그때 함께 클럽에서 몸을 흔들던 이들은 어떻게 지내고 있을까. 지금 인생이라는 무대에서 자유롭게 프리스타일을 즐기고 있을까. 부디 그러기를 바란다.

첫 만남은 계획대로 되지 않아

"너 큐보 가봤어? 큐보를 가봐야 해."

때는 2009년. 댄스 동아리 친구가 나를 큐보로 이끌었다. 큐보는 내 인생 첫 클럽이다. 친구나 나나 갓 스무 살이 된 건 마찬가지였는데 이미 클럽을 다녀왔다는 이유만으로 친구는 인생 대선배였다.

"옷은 어떻게 입어야 되는데?"

"무조건 센 거."

둘 다 가죽 재킷을 입었다.

"화장은 어떻게 해야 되는데?"

"무조건 세게."

둘 다 스모키 화장을 했다. 친구는 스모키가 잘 어울렸지만 나는 어째 얼굴이 좀 괴상해졌다. 그렇게 우리는 종종 학교 도서관 휴게실에서 치덕치덕 화장을 고쳤다.

"들어가기 전에 술을 마셔야 해."

우리는 홍대의 어느 이름 모를 바에 들어갔는데 나는 그 시절 샷과 온더락과 믹스를 구분할 줄 몰랐다. 그냥 바텐더가 주는 대로 가장 독한 샷을 여러 잔 받아 마셨고 '역시 외국술은 쓰구나' 하며 괴로워했다.

큐보는 골목길로 꺾어 들어가면 나오는 건물 2층에 위치해 있었다. 큐보로 입장하려면 바깥으로 노출된 큰 계단을 올라야 했고 그 위에 'Q-vo'라고 적힌 간판이 매혹적으로 반짝였다. 사람이 많은 날에는 계단에 길게 줄이 늘어섰고, 그 계단을 한 계단 한 계단 오를 때마다 두근거리는 마음을 감출 수 없었다. 또 아래층에는 M2라는 대형 일렉클럽이 있어서 클럽데이(매달 마지막 주 금요일, 한 장의 통합 티켓으로 홍대 앞의 클럽들을 자유롭게 오가며 즐길 수 있는 이벤트)에 두 클럽을 왔다

갔다 하며 노는 재미가 있었다. 특히 M2에는 연예인이나 모델이 자주 출몰한다는 소문이 있어 항상 사람들이 넘쳤다.

2009년 당시에는 전자음악보다 힙합음악이 대세였다. 큐보도 유명 힙합클럽 중 하나였는데 그 명성에 걸맞게 인기 있는 힙합음악이 클럽 안을 쾅쾅 울렸다. 주로 빌보드 차트를 점령할 만한 대중적인 음악들이었다.

큐보에 들어서자마자 내 눈을 사로잡았던 건 사람들이 특정 음악에 맞춰 똑같은 스텝을 밟거나(라인댄스) 손동작(핸드사인)을 취하면서 자유롭게 춤추는 광경이었다. 현란했거나 또는 어설펐던 씨워크C-Walk도 잊을 수 없다. 그 모든 걸 유연하게 소화하는 언니 오빠들이 멋져 보였다. 솔자보이의 〈Crank That〉은 슈퍼맨 춤, LMFAO의 〈Shots〉에는 술을 마시는 또는 총을 쏘는 듯한 손동작, 멤피스 블릭의 〈Like That〉에는 손목시계를 가리키는 손동작, 투팍의 〈California Love〉는 LA를 상징하는 손동작이 특히 기억에 남는다. 지금 생각하면 조금 촌스럽기도 하지만 스무 살의 눈에는 그야말로 신세계였다. 처음에는 언니 오빠들의 춤을 뒤에서 구경만 하다, 나와 댄스 동아리 친구들은 대부분의 춤을 빠르게 간파했고 나중에는 똑같이 그 무리에 스며들었다.

하지만 대부분의 첫 경험이 그러하듯 첫 클럽의 기억이 좋기만 한 것은 아니다. 지금은 아니지만 그 시절에는 '부비부비'라는 문화가 있었다. 이성끼리 몸을 비비는 춤인데 대부분의 경우 남자들이 마음에 드는 이성이 있으면 뒤에 가서 붙어 춤을 시도하는 것이다. 나는 부비부비가 불쾌하다 못해 공포스러웠다. 사전 소통 없이 누군가 갑자기 뒤에 붙는 상황을 상상해보라. 클럽 첫날은 더욱 그랬다. 그 시절엔 삼삼오오 친구들과 함께 클럽을 다녔기 때문에 친구 뒤에 누군가 붙으면 서로의 팔을 끌어 다른 곳으로 자리를 옮겼다. 나중엔 내 골반에 슥 얹어지는 손을 아무렇지 않게 쳐낼 수 있는 내공이 생기게 됐지만. 부비부비는 누군가에게 추억의 한 조각일 수 있지만 없어져야 마땅할 시대적 유산이었고 지금의 클린한 클럽 문화가 좋다. 아, 그래도 아주 가끔은 친구 뒤에 친구의 스타일인 남자가 서 있으면 눈빛으로 '제발 뒤를 돌아봐!'라고 강력한 사인을 보내기도 했다. 그렇게 우리의 비언어적 소통은 더욱 활발해졌고 우정은 돈독해져갔다.

또 좋지 않았던 기억은 실내흡연이다. 많은 사람들이 실내에서 흡연을 했고 그 냄새는 옷과 머리에 그대로 뱄다. 처음 클럽에 갔던 날 클럽에서 나오며 우리는 스스로를 꽁초라 불렸다. 큐보에 다녀온 날은 머리를 두세 번 감아야 겨우 담배 냄새를 없앨 수 있었다. 당시 평일에 클럽에 가고 다음 날 바로 오전 수업에 들어갈 때도 많았는데, 잔뜩 무너진 화장과 함께 담배 냄새를 폴폴 풍기며 누가 봐도 '클럽 다녀왔소!' 하고 강의실로 들어오는 나를 보며 학생들은 무슨 생각을 했을까. 대중교통 첫차를 이용할 때는 또 어떤가. 나는 버스 뒷좌석에 앉아 가방을 끌어안고 최대한 몸을 움츠리고 있었다. 마치 그렇게 하면 담배 냄새가 덜 나기라도 할 것처럼. 하지만 나는 이미 꽁초 그 자체였기 때문에 사람들의 따가운 시선을 피할 수 없었다. 다행히도 현재 즐겨 찾는 언더그라운드 클럽들은 대부분 흡연 금지이고 흡연실이 따로 마련되어 있어서 쾌적하다. 생각해보면 클럽은 많은 면에서 좋은 쪽으로 진화한 것 같다.

무심하게도 큐보가 문을 닫았다는 사실을 오랜 시간이 지난 뒤에야 알게 되었다. 녹사평에 클럽 '케이크샵'이 생기면서 자연스럽게 큐보를 포함한 홍대의 힙합클럽들과는 멀어졌기 때문이다. 큐보가 없어졌다는 소식을 들었을 때 마치 졸업한 학교가 없어진 것처럼 서운했다. 그 시절 스마트폰도 없었기에 제대로 된 사진 한 장 남아 있지 않지만, 어떤 추억은

형태가 없어 더욱 선명해지기도 한다. 홍대 거리를 거닐다가 옛 큐보 자리를 지나면 자연스레 옛 추억이 떠오르며 그 시절의 친구들에게 연락하고 싶어진다. 비슷한 모양이었던 우리들은 세월이 흘러 제각각 다양한 삶의 모습을 하고 있다. 하지만 누군가 단톡방에 그 시절 큐보에서 들었던 음악을 하나라도 보내면 약속이라도 한 듯 다 함께 그 시절로 돌아간다. 클럽이라는 세계의 문을 열어주고 친구들과의 추억을 쌓게 해준 클럽 큐보에게 고맙다. 큐보가 사람이었다면 아마 몇 번이고 술 한잔 거하게 샀을 거다. 오늘은 전자음악 대신 그 시절 힙합음악을 실컷 들어야겠다. 벌써 투팍의 목소리가 들리는 것 같다. 몸이 가만있지 않는다. 보고 싶다, 큐보!

나를 단번에 사로잡은 그대

누군가와 사랑에 빠진 순간을 기억하는가? 나는 전자음악과 사랑에 빠진 순간을 아주 정확하게 기억하고 있으며, 이것을 내 인생 가장 큰 행운 중 하나라고 생각한다.

2013년, 호주 골드코스트에 교환학생으로 가게 되었다. 남국의 정취가 가득한 리조트 같은 기숙사에서 지냈고 그곳에는 유난히 흥겨운 파티가 많이 벌어졌다. 특히 유럽에서 온 친구들이 꽤 소란한 파티를 자주 열었고, 그들은 기숙사 창문에 '파티는 절대 끝나지 않아' 같은 가랜드와 각종 술병을

전시해두고 지낼 정도였다.

그러던 어느 날, 내 귀를 단번에 사로잡는 음악이 기숙사 창문 너머로 들려왔다. 이제껏 들었던 파티 음악과는 조금 달랐다. 몽환적이면서도 웅장했고, 공간감이 느껴졌다. 파티에 어울리는 신나는 음악이라기보다 뭔가 서글프고 가만히 넋을 놓고 감상하게 되는 종류의 음악이었다. 앞 건물에서 들려오는 음악이라 거리감이 있는 상태에서 들었지만, 머리카락이 쭈뼛 서고 기분 좋은 소름이 온몸에 오소소 돋는 것을 느낄 수 있었다. 당장 파티장으로 달려가 문을 두드리며 이 곡의 제목이 도대체 뭐냐고 물어보고 싶을 정도였다. 하지만 차마 그럴 수 없어서 하우스 메이트들의 방문을 일일이 두드리며 지금 들리는 음악의 제목을 물었다. 그들은 모두 고개를 저었고 나는 절망에 빠졌다.

그 후로 밤에 파티가 열린다 싶으면 열심히 창문 밖으로 귀를 기울였다. 그 음악은 파티가 끝날 때쯤 대미를 장식하는 순서로 많이 트는 듯했다. 파티가 끝날 때까지 기다렸다가 그 곡이 흘러나오면 열심히 샤잠(음악 검색 앱)을 켜서 창문 이곳저곳에 들이댔다. 하지만 결과는 실패, 실패 또 실패. 거리가 너무 멀었고 잡음이 섞여 구분하지 못했다. 그렇게 무수

한 실패를 거듭하던 어느 날, 드디어 앱은 곡을 인식하는 데 성공했고, 마침내 음악의 제목이 디스클로저의 〈You & Me〉(Flume remix)라는 걸 알게 됐다. 원곡보다 플룸의 리믹스 버전으로 더 많이 알려진 곡이다. 그렇게 우연히 플룸은 내 삶 속으로 들어와 전자음악의 세계를 열어주었다. 이전에도 전자음악을 좋아하지 않은 것은 아니지만 콕 집어 말하자면 이 곡이 전자음악을 향한 본격적인 사랑의 시작이되었다.

삶은 수많은 우연으로 가득 차 있다. 호주로 교환학생을 가게 된 것은 순전히 운이었다. 처음에는 미국 교환학생을 지원했지만 다른 우월한 지원자들에 밀려 번번이 떨어졌다. 자포자기하고 있던 와중 호주 교환학생 자리가 하나 생겨 추가 합격 꼴로 가게 된 것이다. 하지만 결과적으로 오히려 좋았다. 골드코스트는 서퍼들의 천국이자 사계절 내내 온화한 날씨를 자랑했고, 매일 밤 파티가 이어지는 곳이었으니 나와 바이브가 더 잘 맞았다. 게다가 우연히 창문 너머로 듣게 된 파티 음악 하나 덕분에 내 삶의 큰 부분을 차지하는 전자음악을 얻었으니 말이다.

플룸은 시드니 출신의 호주 사람이다. 나이도 나랑 비슷하고, 어렸을 때부터 음악 천재로 불렸고, 또 잘생겼다. 당시 호주 친구들의 추천으로 플룸이 프로젝트 그룹으로 활동하는 왓소낫What So Not을 알게 됐고, 플룸과 함께 작업한 일렉트로닉 듀오 허밋튜드Hermitude도 알게 되었다. 그들을 소개해줄 때 호주 친구들의 자랑스러워하던 표정과 허밋튜드를 발음할 때의 호주식 발음을 아직도 잊을 수가 없다. 당시 내 플레이리스트는 디스클로저, 왓소낫, 허밋튜드, 쳇 페이커Chet Faker, 오데자Odesza 등 플룸 연관 아티스트로 꽉꽉 찼다. 누군가를 좋아하면 그를 중심으로 동심원을 그리며 취향이 점점 넓어지듯 플룸을 중심으로 전자음악 취향을 넓혀갔다.

급기야 나는 '스플렌더 인 더 그래스'라는 페스티벌로 향한다. 스플렌더 인 더 그래스는 호주의 동쪽 끝 바이런 베이라는 아름다운 지역에서 열리는 겨울 음악 축제로 규모가 있는 뮤직 페스티벌이다. 플룸은 거의 매년 이 페스티벌에 참여했고, 나는 학생 신분으로 외국에서 부모님 지갑을 축내고 있는 처지였지만 플룸을 두 눈으로 직접 보고 말리라 마음먹었다. 그를 보겠다는 열망 하나로 호기롭게 캐리어 하나를 끌고 바이런 베이로 향했다. 결과적으로 그의 실물을 가까이서 직접 보지는 못했다. 그를 보고 싶어 하는 팬들이 너무 많았기 때문이다. 하지만 그를 향해 뻗었던 관객들의 수많은 팔들과 여기저기서 그를 환영하는 의미로 머리 위로 튕기던 비치볼, 현장의 타는 듯한 열기를 절대 잊지 못할 것이다. 그의 음악을 사랑하는 셀 수도 없이 많은 팬들과 함께 같은 공간에서 음악을 들을 수 있다는 것만으로 온몸에 전율이 일었다. 어쩌면 지금 이 순간을 위해 모든 우연이 힘을 발휘하여 내가 호주에 왔는지도 모르겠다는 생각이 들었다. 좋아하는 아티스트의 무대를 직접 보는 경험은 비현실적으로 행복했다.

그리고 2019년 플룸이 처음 한국에 왔을 때 난지한강공원으로 한달음에 달려간 것은 말할 것도 없다. 콘서트 엔딩곡으로 6년 전 기숙사에서 처음 들었던 〈You & Me〉를 직접 들었을 때의 감동은 뭐라고 표현해야 할까. 마치 멋지게 성장한 첫사랑을 다시 만난 기분이었다.

사랑에 빠지는 순간은 크게 두 종류가 있는 것 같다. 익숙하고도 서서히 물드는 사랑과 우연하고도 강렬히 빠지는 사랑. 전자음악에 대한 내 사랑은 후자였다. 그래서 나는 가끔 그런 생각을 한다. 새로운 사랑을 무심히 지나치지 않도록 세상을 향한 감각을 늘 열어두자고. 또 누군가 플룸처럼 내 인생에 우연히 스며들어와 삶을 풍요롭게 해주고 세계를 무한히 확장시켜줄지도 모를 일이니까. 가끔 무기력하게 침대에 누워 온 세상을 향한 감각을 차단시키고 있는 날엔 그냥 지나쳐버릴 또 다른 사랑들이 너무 아깝다는 생각이 든다. 어쩌면 늙는다는 것은 새로운 세계를 향한 문을 하나둘씩 닫는 일일지도 모른다. 나는 오늘도 10년 전 전자음악과 사랑에 빠졌던 순간을 떠올리며 오감, 아니 육감까지 활짝 열어두려 노력한다. 새롭게 다가올 또 다른 사랑을 꿈꾼다.

다시 돌고 돌고

세상이 돌고 있다. 기숙사 벽이 천장으로, 천장이 벽으로 이동하며 마치 누군가 큐브를 돌리듯이 제멋대로 돌고 있다. 벽은 벽대로 돌고 나는 침대에 누워 홀로 진자운동을 하며 바이킹을 탄다. 살면서 어지럼증을 몇 번 느끼긴 했어도 이렇게 〈인셉션〉같이 세상이 돌아버린 적은 없었는데 돈 한 푼 안 들이고 할리우드 영화 체험을 하다니 적잖이 당황스러웠다. 아, 지독한 숙취. 온몸이 간밤에 마신 술의 양을 도저히 견뎌내지 못하고 있다. 기숙사에는 어떻게 기어 들어온 것인지.

울렁이는 속을 부여잡고 지난밤의 기억을 더듬어 보았다.

호주 교환학생 시절 리스라는 친구가 있었다. 우연히 수업 시간에 리스가 옆자리에 앉게 됐는데 접이식 책상이 덜렁거리는 것을 보고 시시껄렁한 농담을 하다가 친구가 됐다. 리스의 이모가 한국에서 교수 생활을 하고 있었고, 리스도 한국에서 교환학생으로 머무른 경험이 있어서 우리는 빠르게 친해질 수 있었다. 수업이 끝나면 주로 리스와 그의 여자친구인 애닐리스와 함께 시간을 보내곤 했다. 내 생애 가장 행복했던 시절이다. 우리는 주로 술을 궤짝으로 사서 리스네 집에 가서 퍼마셨다. 그것도 칼로리가 높은 기네스로. 볕 좋은 마당에 드러누워 기네스를 마시다 보면 세상의 모든 걱정이 사라지는 경험을 할 수 있었다. 리스는 맥주를 마시며 나날이 늘어가는 내 뱃살을 보고 "여기에 맥주 아기가 들어 있다"며 놀렸다. 그건 너도 마찬가지라며 지지 않고 응수했다. 우리는 마치 배 속의 맥주 아기를 누가 더 빨리 키우는지 대결이라도 하는 사람들처럼 지극 정성으로 뱃살을 불려 나갔다. 그 정도로 술을 잘 마셨고, 많이 마셨다.

그러던 어느 날, 리스의 친구들과 클럽에 가게 됐다. 리스는 친구 네 명을 데리고 왔는데 모두 유쾌한 사내들이었다. 영어가 유창하지 않아도 편하게 어울릴 수 있어 마음에 들었다. 우리는 큰 택시를 빌려서 한껏 흥을 올리며 서퍼스 파라다이스에 있는 한 클럽으로 향했다. 문제는 거기서부터였을까. 리스는 원래도 장난기가 많은 친구였는데 나를 친구들과 가깝게 만들어주고 싶었는지 약간의 무리수를 두기 시작했다. 나를 '골드코스트 클럽 마스터'나 '술고래'라고 칭하며 '한국에서 온 놀라운 애'로 포장하기 시작했다. 대놓고 주목받는 것은 싫어하지만 또 막상 관심을 주면 그리 싫지만은 않은 나는 "왜 그러니, 정말" 하며 손을 휘젓다가도 괜히 어깨가 으쓱했다. 분위기가 무르익고 그들에게 차츰 동화되었다. 흥이 점점 올랐다. 서퍼스 파라다이스는 몸치도 프리즈를 할 수 있다고 착각할 만큼 아름다운 해변이 펼쳐진 곳이었으니까.

신나게 춤을 추다가 살짝 지쳐갈 즈음, 우리는 한자리에 모여 서로의 상태를 살폈다. 그때 누군가 돌아가면서 술을 사자고 제안했다. 그놈의 입을 막았어야 했다. 아무튼 처음은 맥주였다. 이 친구들은 한 번에 마시기를 제안했고, 그 시절 나는 원샷은 또 자신 있어서 탄산이 목을 때리는 느낌을 즐기며 쉬지 않고 들이켰다. 여섯 명의 친구들이 클럽 한가운데 모여 맥주를 원샷하는 광경이 펼쳐졌다. 사내들은 내게 "오, 대단한데"라며 감탄을 연발했고 나는 다시 어깨가 으쓱하여 '이쯤이야' 하는 제스처를 취해줬다. 그 시절 맥주는 내게 술이라기보다는 물과 같았고 또 기네스로 다져진 '맥주 아기'의 힘을 믿었기에 허세를 부렸다. 그렇게 네 번 정도를 돌아가면서 마셨고, 그때 곱슬머리 소년과 럭비팀 소년이 나가떨어졌다. 호호, 가소로운 것들. 180센티미터가 넘는 건장한 사내들을 무릎 꿇게 하다니 나 좀 대단한걸? 스물셋의 나는 잔뜩 우쭐댔다.

맥주 네 잔의 엄청난 이뇨작용으로 인해 잠시 휴전한 뒤 경기는 다시 시작되었고 이제 선수는 네 명이 남았다. 주종을 바꿨고 각자 마시고 싶은 것을 고르기로 했다. 친구들은 웬만하면 마시던 대로 맥주를 골랐는데 나는 호기롭게 보드카 믹스를 골랐다. 이참에 그들의 기세를 완전히 꺾어주리라. 아마 그런 객기를 부린 것을 보면 그때 이미 취했던 것 같다. 리스는 "맥주를 이미 네 잔이나 마셨는데 정말 좋은 선택이야!"라며 특유의 비꼬는 말투로 핀잔을 주었지만 나는 닥치라는 일갈로 맞받아쳤다. 곧이어 〈위대한 개츠비〉 속 건배 장면처럼 앞으로 패배자가 될 그들에게 여유롭게 건배를 제안했다. 재기 발랄한 척 윙크를 하며 덧붙인 말도 또렷이 기억한다. 10년이 훌쩍 지난 지금도 여전히 이불킥 감이다.

"I'm the queen of alcohol.(나는 술의 여왕이야.)"

그렇게 세 잔을 더 연이어 마셨고…. 그 뒤로는 기억이 없다. 드문드문 기억나는 장면은 클럽 화장실로 비틀비틀 걸어 들어간 것과 화장실 변기에 한참을 기대앉아 있던 것, 그리고 택시 안에서 너무 취한 것처럼 보이지 않도록 똑바로 앉아 있으려고 온 힘을 다해 노력한 것까지다. 다행히 내게는 엄청난 귀소본능이 있어서 취했다고 느끼면 어떻게든 집으로 돌아가는 버릇이 있다. 그렇게 간신히 기숙사까지 온 것이다.

직감적으로 이번 숙취는 심상치 않음을 느꼈다. 기숙사에 오자마자 변기를 붙잡고 먹은 것을 전부 게워냈다. 하지만 아무리 게워도 속이 진정되기는커녕 더 울렁거렸다. 그 와중에 아마 발신인이 리스인 듯한 휴대폰이 계속 울렸고 메릴 스트립을 닮은 심술궂은 쌍둥이 하우스 메이트는 번갈아 화장실 문을 두드리며 조용히 하라고 난리였다. 세상이 계속 돌고 돌았다. 한참을 화장실에서 씨름하다가 간신히 벽을 붙잡고 돌아와 침대에 기절하듯 누웠다. 다행히 방은 혼자 사용하고 있어서 룸메이트에게 못 볼 꼴을 보일 일은 없었다. 그렇게 어지럼증을 느끼며 누워 있는데 몸속 저 깊은 곳에서 무엇인가 묵직하게 꿈틀대기 시작했다. 내가 미처 저지하기도 전에 그 대단한 힘은 힘차게 위로 솟구쳐 올랐다. 올라오면서 엄청난 소리를 냈는데, 태어나서 그런 울림을 가진 소리는 처음이었다. 공룡의 울음소리가 바로 이런 소리였을까.

"꾸에에에에에에엑."

침대 밖으로 재빨리 고개를 돌려 토해낸 것은 난생처음 보는 형광색 물질이었다. 형광펜에서나 볼 법한 초록색 형광물질이 방바닥에 지도를 그렸다. 나는 눈만 깜빡거리며 한참을 그 물질을 쳐다보다가 괴로운 구역감과 함께 몇 번이나 더 토해냈다. 나중에 알고 보니 초록색 물질은 담즙이었고 이는 과도한 폭음으로 더 이상 게워낼 음식물이 없을 때 역류할 수 있다고 한다. 내게 남은 일말의 청결 의식으로 추노꾼의 모습을 한 채 간신히 뒤처리를 하고 있는데 옆 방의 중국인 하우스 메이트가 방문을 두드렸다. 아무래도 공룡 소리를 듣고 찾아온 모양이다. 그는 내 초췌한 모습을 보더니 한눈에 사태를 파악하고 따뜻한 티를 잔뜩 끓여 방에 두고 돌아갔다. 그가 건네준 이름 모를 티를 마시며 끝도 없이 돌고 도는 방 안에서 잠에 빠져들었다.

부재중 전화 12통.

어디야? 집에 갔어? 어떻게 된 거야? 말도 없이 어디로 사라진 거야? 전화해, 우린 계속 널 찾고 있어. 아예 한국으로 돌아가 버렸냐?

부재중 전화와 간간이 욕설이 섞인 문자가 리스로부터 도착해 있었다. 리스는 아마 날 찾느라 지난 밤을 통째로 날렸을 거다. 이럴 땐 사실을 고하고 납작 엎드려 사죄하는 것이 인지상정이다. 나는 리스에게 하루 종일 석고대죄했다.

'알코올 퀸, 보드카 믹스 7잔과 함께 잠들다.'

리스의 문자로 지난밤 내가 무려 보드카 믹스 7잔을 마셨다는 사실을 알 수 있었다. 이후 이틀간 숙취해소제를 구하지 못해 끔찍한 숙취에 시달렸고, 리스의 빈정거림에 한 달은 고생해야 했다.

클럽과 술은 떼려야 뗄 수 없는 관계다. 술이 텐션을 한껏 끌어올리는 역할을 하기 때문이다. 하지만 술 때문에 모든 것을 망치기도 한다. 그건 클럽뿐만 아니라 모든 영역에서 그렇다. 서퍼스 파라다이스 클럽 사건 이후 내 주량을 파악해나가기 시작했고 현재 나의 적정 주량은 진토닉 4잔 정도라는 걸 알게 됐다. 다른 주종이 섞이거나 그 이상을 마시면 세상이 돌기 시작한다. 이제 나는 적당하게 술을 마실 줄 아는 어른이 됐다, 라고 글을 마무리하고 싶은 마음이 간절하지만 어디 술이란 게 그렇던가? 술은 술술 넘어가서 술이다. 지금도 아주 가끔 흥이 넘치면 과하게 술을 마셔서 쥐도 새도 모르게 집으로 돌아가 버린다.

하지만 얼마 전 술을 한 잔도 마시지 않고 땀까지 흘리며 신나게 음악을 즐기는 친구를 보며 많은 생각이 들었다. 어쩌면 나는 음악보다 술에 너무 '흥'을 의지하고 있었는지도 모르겠다. 클럽에 입장하면 정해진 루트처럼 당연하게 바에 가서 술을 주문하고, "아, 조금만 더 취하면 재밌을 것 같아"라는 말을 입에 달고 살았다. 음악은 음악 그 자체만으로 완전하고 흥겨울 수 있는데 그동안 술 따위에 많이 의존했다. 잊지 말자. 클럽에서 술은 음악을 좀 더 신나게 즐기기 위한 부수적인 존재일 뿐. 클럽은 술을 위해 존재하는 것이 아니라 음악을 위해 존재한다. 물론 클럽의 활성화를 위해 많은 양의 술이 판매되면 좋겠지만 레이버들이 그날 하루를 망칠 정도로 술을 마시는 행동은 어리석다. 멋진 레이빙의 전제는 술을 적당히 마시는 것이다. 술은 적당히 마시고 음악은 최선을 다해 즐기자.

검지 손가락을 쓸어보며

내 왼쪽 검지 손가락 바깥쪽엔 레터링 타투가 하나 있다. 2013년 호주에 머물 때 패기 넘치게 새긴 것이다. 평소에는 잘 보이지 않고 검지 손가락을 살짝 들어 올려 턱을 괴거나 손가락으로 무언가를 가리킬 때, 또는 텀블러 같은 것을 들고 음료를 마실 때만 살짝살짝 보인다. 그런데 사람들이 “어, 타투가 있네요? 뭐라고 써 있는 거예요?”라고 물어보면 우물쭈물하며 당당히 대답하지 못한다. 새길 때는 분명 확신에 차다 못해 결의에 넘쳤는데 말이다.

계기는 단지 멋있어 보여서였다. 호주에서 TV를 보고 있는데 한 남자 배우의 술잔을 그러쥘 때만 언뜻 보이는 손가락 레터링 타투가 두 눈을 사로잡았다. 호주는 워낙 더운 나라여서일까. 많은 이들이 노출이 과감한 옷을 즐겨 입으며 타투를 패션처럼 뽐내고, 멋스러운 타투를 한 할머니 할아버지도 어렵지 않게 마주친다.

나도 멋진 타투 하나쯤 하고 싶다고 생각하던 찰나, 레터링 타투에 그만 꽂혀버렸다. 당장 문구 몇 개를 떠올려봤다. 당시 아이디로 쓰고 있던 'La Dolce Vita(달콤한 인생)'는 내 인생이 별로 달콤한 축에 속하는 것 같지 않아서 탈락했고, 또 지금 이 순간을 즐기라는 'Carpe Diem'이나 'Seize the day'는 좋은 의미이지만 그다지 와닿지 않았다. 손가락에 새길 만한 강력한 문구가 필요했다. 가만히 침대에 드러누워 고민했다. 지금 내게 가장 꽂히는 말이 뭐지? 인생에서 꼭 한 문장을 새겨야 한다면 어떤 문장을 새겨야 하지? 그리고 얼마 지나지 않아 한 문장이 떠올랐다.

"Stay Young.(젊음에 머물러라.)"

아니, 스티브 잡스도 아니고 말이지. (스티브 잡스는 2005년 스탠퍼드 대학 졸업식 연설에서 'Stay Hungry. Stay Foolish'라는 말을 남겼다.) 당시 나는 스물셋이라는 확실히 젊은 나이에도 '젊음'이라는 가치를 상당히 중요하게 여겼다. 영상을 만드는 방송 쪽 일을 하고 싶었기 때문에 늘 젊은 감각을 가지고 있어야 한다고 생각했고, 할머니가 되어서도 음악을 듣고 파티와 페스티벌을 누비려면 언제나 젊은 체력을 유지해야 한다고 생각했다.

당시 나는 내가 너무 젊어서 젊은 줄도 모르는 생활을 하고 있었다. 낮에는 친구 집에 놀러 가 음악과 햇빛을 즐기며 흑맥주를 마셨고, 밤이 되면 기숙사 친구들과 택시를 타고 도심이자 관광지인 서퍼스 파라다이스로 이동해서 여러 클럽을 메뚜기처럼 옮겨 다녔다. 또 친구들로부터 파티에 초대받으면 빼놓지 않고 출석했다. 뼛속 깊이 내향인이지만 기숙사에 한국인은 나 하나뿐이어서 어지간히 외로웠기 때문이다. 그렇게 새로운 세계에서 편하게 부모님 돈 쓰며 매일 새로운 자극을 맛보고 있으니 이런 삶의 열정이 앞으로도 계속될 것만 같았다. 아니, 그 시절의 나는 놀랍게도 그러리라 확신했다.

그렇게 문구를 확정한 후 엄청난 속도로 서퍼스 파라다이스의 유명한 타투샵을 알아냈다. 전화로 빠르게 예약을 하고 이튿날 바로 타투샵을 찾았다. 타투샵에서는 아주 두꺼운 책자를 건네주며 원하는 글씨체를 고르라고 했는데, 마음에 쏙 드는 게 없어서 타투이스트와 약간의 설전을 벌였다. 타투의 위치와 디자인에 대해 여러 번 세심하게 협의를 거친 후 시술에 들어갔다. 손가락은 살이 없는 곳이라 조금 아팠지만 그렇게 'Stay Young'의 정신이 몸에 천천히 새겨지고 있었다. 의도하지는 않았지만 대문자 S자가 높은음자리표처럼 새겨져서 더 마음에 들었다. 10년이 지난 지금 타투 상태는 약간만 번진 상태로 건재하다. 소문대로 엄청 유명한 타투샵이었나 보다.

타투를 새기고 지난 10년 동안 나는 젊음에 머물렀을까. 아니 애초에 젊다는 건 무엇일까. 미국의 철학자 헨리 데이비드 소로는 사람은 나이가 들어서 늙는 것이 아니라 삶에 열정이 식었을 때 비로소 늙는 것이라고 했다. 주변을 둘러보면 삶을 대하는 태도에 따라 사람이 훨씬 나이 들어 보이기도 혹은 훨씬 젊어 보이기도 한다. "나는 하고 싶은 게 너무 많아", "이것도 저것도 해볼래" 말하던 친구들이 "이제는 내가 뭘 하고 싶은지 모르겠어"라든가, "도전하기보다는 안정적으로 살고 싶어"라고 말할 때, 다시는 돌아오지 않을 무언가를 잃어버린 듯한 상실감을 느낀다.

나는 지난 10년간 무기력한 상태로 무의미하게 날려 보낸 세월이 태반이라 조금은 늙어버린 것 같기도 하다. 하지만 젊음에 머무르려고 노력한 시간도 적지 않다. 긴긴밤, 긴긴 시간 음악에 맞춰 춤을 췄고, 또 긴긴밤, 긴긴 시간 소중한 사람들과 술 한잔 기울이며 내 삶이 어느 방향으로 흘러가고 있는지 생각했다. 그리고 그 고민의 결과를 손에 잡히는 책 한 권에 담아내기도 했다. 이 정도면 내 검지 손가락에 부끄럽지 않을 수 있을까.

어쨌든 'Stay Young'은 말에 담긴 함의와는 상관없이 사람들이 딱 들었을 때 오글거리는 말인가 보다. 어느 날은 누군가에게 별 생각 없이 타투를 보여줬다가 그 사람이 배를 잡고 깔깔 웃어대는 바람에 다시는 아무에게도 보여주지 말아야겠다고 다짐했다. 그 일 이후 누군가가 타투의 의미를 궁금해하면 "그냥 개인적인 의미가 담긴 타투예요"라며 대충 넘겼다. 그랬더니 사람들은 전 남자친구 이름이 확실하다며 오히려 더 수상쩍게 여기기도 한다.

시간이 지나 보니 'Stay Young'이라는 말이 예전만큼 부끄럽지 않다. 오히려 멋지다. 삶을 그냥 흐르는 대로 두지 않고 내 안의 열정의 불씨를 태우며 살아가자는 뜻 아닌가. 다음부터는 누가 타투의 의미를 물어본다면 숨기지 말고 당당하게 검지 손가락을 내밀며 보여줘야겠다. 이렇게 멋진 말을 불과 스물셋에 새겼다고 자랑해야겠다. 그리고 세상엔 선언 효과라는 것이 있어서 그렇게 말함으로써 나는 더 타오르며 살아가게 될 것이다.

오늘도 나는 무기력의 늪에 빠지려 하면 검지 손가락 바깥쪽을 쓸어보며 골드코스트를 누비던 그때의 나를 떠올린다. 그러면 아주 약간은 양심에 찔려 음악이라도 한 곡 듣거나 책장이라도 한 장 넘기며 움직이게 된다. 비록 이제 흰머리가 조금씩 올라오고 눈가엔 잔주름이 보이기 시작했지만 삶에 대한 열정만은 잃지 말아야지. 그래야 할머니가 되어서도 춤을 출 수 있을 테니까!

끝으로 타투는 정말 신중히 하자. 어느 노래 가사처럼 영원한 건 절대 없다. 타투를 후회하는 건 아니다. 절대로 아니다. 다만 아주 가끔씩 '타투 제거'를 검색해보기는 한다.

도심 속 해방

여름밤, 루프탑에서 음악과 함께 야경을 보며 시원한 맥주 한 잔. 아마 루프탑에 이 정도 낭만 하나쯤은 가지고 있을 것이다. 그건 나도 마찬가지인데 그 낭만은 레이빙에서 더욱 특별하게 빛을 발한다. 현재 서울 시내에는 이태원의 '카사코로나', '냐피', '페이퍼', 홍대의 '모데시' 등 루프탑에서 음악을 즐길 수 있는 공간이 여럿 있다. 어느새 저녁 공기가 시원하게 느껴지는 시기가 오면 처음 루프탑 파티에 갔던 날의 기억이 선명하게 떠오른다.

2015년 당시 퓨트 디럭스라는 팀이 있었다. 현 디럭스 서울로 불리며, 대중들에게는 JTBC 〈비정상회담〉으로 더 많이 알려진 방송인 줄리안 퀸타르트가 속한 팀이기도 하다. 당시 퓨트 디럭스는 클럽이 아닌 다양한 장소에서 파티를 개최하며 특히 루프탑 파티를 많이 열었다.

그해 어느 여름날, 줄리안의 음악 스타일을 좋아하는 친구를 따라 퓨트 디럭스 파티에 가게 되었다. 파티는 당시 명동에 있는 조그만 디자인 호텔의 루프탑에서 열렸다. 그곳은 도심 중에서도 도심이라고 할 수 있었는데, 사람들이 빌딩 숲에 폭 둘러싸여 춤을 추고 있었고, 음악이 야외에 개방감 있게 울려 퍼졌다. 파란 하늘 아래 오렌지색 파라솔들이 꽃처럼 활짝 피어 컬러 대비가 감각적이었고, 파라솔 아래에는 디제이 부스와 각종 주류 판매대가 설치되어 있었다. 빨강, 파랑 칵테일에 이국적인 꽃잎까지 얹어져 마치 미국, 유럽, 아님 홍콩에서나 볼 법한 기분 좋게 낯선 풍경이었는데 이때 나는 한눈에 직감했다. 이렇게 또 하나의 세계에 입문해버렸다는 것을.

시시각각 변해가는 구름의 모양과 하늘의 색을 볼 수 있다는 것, 또 얼굴에 닿는 바람을 느끼며 춤을 출 수 있다는 것은 큰 행운이었다. 보통 하루에 하늘을 얼마나 올려다보는지 생각해보면 바로 알 수 있다. 가끔 휴대폰 스크린 사용량 알림을 받을 때면 충격에 빠지곤 한다. 휴대폰 사용 시간을 제한하려고 노력하는데도 하루에 평균 다섯 시간 정도를 사용하고 있었다. 휴대폰을 충전할 때는 그렇게 가지 않던 시간이 인스타그램 릴스나 유튜브 쇼츠를 볼 때는 왜 그렇게 빨리 흐르는지. 우리는 세계 최고의 인재들이 짜놓은 알고리즘에 빠져 6인치 세계에서 도무지 헤어나지 못하고 있다. 그뿐인가. 업무 때문에 하루에 여덟 시간 정도는 눈을 컴퓨터 모니터에 할애해야 한다. 합하면 하루의 절반을 네모난 세계에 내어주는 꼴이다. 하지만 너무 당연해서 얼마나 안타까운 일인지도 모르고 산다.

그래서인지 루프탑에서 진정한 안구의 해방감을 느꼈다. 밝은 낮의 새파란 하늘과 노을이 지는 주황빛 하늘, 땅거미가 내려 어스레해진 하늘과 결국 완전히 어두워진 하늘이 차례대로 물들어가는 장면에 눈물 나게 행복했다. 좋은 음악과 함께하니 더할 나위 없었다. 조금 전만 해도 저 네모난 빌딩들 안에 있었는데, 그 빌딩 숲에 둘러싸여 음악을 들으니 짜릿한 쾌감마저 느껴졌다.

루프탑을 사랑할 수밖에 없는 또 다른 이유는 현재의 소중함을 일깨워주기 때문이다.

"너는 행복을 유예하고 사는 사람 같아."

이 말을 들었을 때 심장이 한없이 낙하하는 기분이 들었다. 잘 살고 있다고 생각했는데 돌아보면 나는 항상 먼 미래를 살고 있었다. 마치 당장 행복하면 안 되는 사람처럼. 내가 지금 이럴 때가 아니야, 이것만 하고 즐겨야지, 같은 생각이 항상 머릿속에 박혀 있었다. 아무런 이유 없이 현재를 즐기고 행복해도 되는 것인데. 그러기에도 인생은 한없이 짧은데. 뭔가를 잘 해내야만 행복이 보상처럼 찾아온다고 여겼다.

하지만 루프탑에서는 행복을 유예할 수 없다. 루프탑이 절정을 이루는 계절은 유난히 짧기 때문이다. 바로 봄에서 여름, 여름에서 가을로 건너가는 두 번의 시기다. 한여름과 한겨울은 말할 것도 없고, 미세먼지가 많거나 비나 눈이 와도 레이빙에 큰 영향을 미친다. 그래서 지금 이 순간을 절대 놓치지 말고 무조건 즐기라고 말해주는 루프탑을 지독히도 사랑하게 되었다. 1년에 몇 번 즐기지 못하는 찬란한 순간이라고 생각하면 그 누구라도 그냥 흘려보낼 수는 없을 것이다.

이후 퓨트 디럭스 팀은 규모를 조금 더 늘려 한강 세빛섬

플로팅 아일랜드에서 주기적으로 루프탑 페스티벌을 개최했고, 나는 기회가 되는 대로 참석해서 루프탑 바이브를 열심히 즐겼다. 심지어 세빛섬에서는 한강의 노을까지 즐길 수 있으니 낭만 그 자체였다.

일개 레이버로서 작은 바람이 있다면 서울 시내 루프탑 클럽이 없어지지 않고 그 자리를 오래오래 지켜주었으면 한다. 좀 더 많은 파티 커뮤니티가 루프탑이나 야외에서 파티를 자주 열어주면 좋겠다. 우리의 눈은 6인치 세계에서 벗어날 의무가 있으며, 우리의 몸은 좀 더 신선한 공기를 마시며 춤출 권리가 있다. 그리고 우리는 다시 돌아오지 않을 오늘을 붙잡고 늘어지며 충분히 행복해할 자격도 있다.

삶이 우리를 속일지라도

'디 에어 하우스'라는 언더그라운드 뮤직 페스티벌에 갈 때 친구들과 항상 외치는 슬로건이 있다. "만취 금지, 감기 금지." 그도 그럴 것이 매년 에어 하우스에 갈 때마다 만취하거나 감기에 걸려 페스티벌을 제대로 만끽하지 못했기 때문이다.

남양주 산속에서 페스티벌이 열렸을 때의 일이다. 페스티벌 현장 근처에서 친구들과 소주를 퍼마시고 한껏 흥이 오른 상태로 입장했다. 그곳은 어두운 산속이었고 바에 술을 사러 왔다 갔다 하기가 귀찮아 한 번 바에 갈 때 술을 두세 잔씩

샀다. 그렇게 양손에 술잔을 들고 호록호록 빠른 속도로 술을 들이켜며 음악을 즐기다가 그만 거나하게 취해버린 것이다. 나와 친구들은 비틀비틀 산비탈에 주저앉아버렸다. 얼마나 시간이 흘렀을까. “여기서 이렇게 앉아 계시면 안 돼요.” 어디선가 꿈결 같은 목소리가 들려와 고개를 들고 주위를 둘러보았다. 두 친구는 땅에 큰절을 하고 있었다. 불과 몇 초 전까지 나도 저런 상태로 있었다니 수치스러웠다. 친구들 사이를 필사적으로 오가며 그들을 깨우려 노력했다. 그것은 마치 춤사위 같았고, 진정 남양주에서의 마지막 춤이 되었다. 결국 어두운 산길을 땀을 뻘뻘 흘리며 두 친구를 차례로 업고 내려와야 했다. 다음 날 휴대폰 속에는 이상순 님의 무대 하나만이 저장되어 있었다. 우리가 땅에 큰절을 하기 전 얻은 전리품과 같은 귀하디 귀한 영상이었다.

이번엔 춘천에서 페스티벌이 열렸을 때의 일이다. 그즈음 이상하게도 회사일이 모두 내게 몰렸다. 하지만 2박 3일 페스티벌에 절대 방해받고 싶지 않아 단기간 업무를 무리하게 소화했다. 게다가 춘천으로 떠나기 전날 동생 생일 파티가 있어 거의 밤새 신나게 즐기기까지 했다. 다음 날, 춘천으로 떠나는 친구의 차에 올라타자마자 몸이 으슬으슬 아프기 시작했고, 페스티벌 현장에 도착했을 즈음에는 열이 펄펄 끓는 환자가 되어 근처 보건소 신세를 져야 했다. 2박 3일 동안 스테이지보다 텐트에 누워서 음악을 더 많이 들었다. 지독하게 고독했고, 에어 하우스는 닿을 수 없는 별과 같은 존재가 되었다.

올해의 에어 하우스는 달라야만 했다. 이제는 더 이상 어떤 변수에게도 나의 즐거움을 빼앗길 수 없었다. 친구들과 "만취 금지, 감기 금지"를 시도 때도 없이 연호하며 페스티벌 며칠 전부터 완벽한 준비에 들어갔다. 우선 만취하여 해롱대는 일이 없도록 각종 자양강장제와 숙취해소제, 비타민계의 명품이라고 불리는 영양제 등을 미리 구비했고, 감기 따위에 지지 않도록 PT 등을 통해 체력관리를 했다. 페스티벌 주간에 무리하지 않도록 업무 스케줄 관리를 일찌감치 해두는 것은 필수였다. 이제 정말 강원도 양양으로 떠나기만 하면 되었다. 우리는 사뭇 비장하기까지 했다.

마침내 페스티벌 당일, 다행히 만취도 없고 감기도 없었다. 하지만 양양에는 비가 내렸다. 그것도 아주 많은 비가. 거의 다섯 시간을 운전해 양양에 도착한 우리는 망연자실하게 하늘만 바라봤다. 그저 망했다는 말만 떠올랐다. 시내에 있는 큰 마트로 가서 몸 전체를 가릴 수 있는 흰 우비를 사 입었다. 기껏 준비한 의상들은 하나도 뽐내지 못했다. 우리는 그저 그때 그 시절 한 무리의 클럽 H.O.T. 같아 보일 뿐이었다. 페스티벌 현장의 땅은 질퍽했고 텐트 안은 축축했다. 음식 위로는 비가 쏟아져 내렸다. 페스티벌을 즐기러 온 것인지 재난을 체험하러 온 것인지 구분되지 않았다. 나는 머리끝까지 짜증이 차올라 친구들에게 예민하게 굴기까지 했다. 좋아하는 디제이의 음악도 귀에 들어오지 않았고 뾰로통한 표정으로 그 자리에 못 박힌 듯 서 있을 뿐이었다.

그때 한 무리의 친구들이 앞을 스쳐 지나갔다. 우비도 입지 않고 상의까지 탈의한 채로 자유롭게 음악을 즐기고 있었다. 양손에 술잔을 들고 신나게 리듬을 타며 스테이지를 누볐다. 무엇이 저들과 나 사이의 차이를 만들었단 말인가?

"사람들은 좋은 일만 계획하죠. 하지만 어디 계획대로 되나요."

어느 보험회사 광고처럼 인생은 계획한 대로 흘러가지 않는다. 늘 우리의 계획을 무력하게 만드는 변수가 있다. 수능날 아침 늦게 울리는 알람처럼, 중요한 면접 날 크게 올라오는 뾰루지처럼, 휴가 첫날 갑자기 취소되는 비행기처럼, 그리고 만반의 준비를 갖추고 온 페스티벌 날 갑자기 내리는 폭우처럼 말이다. 삶이 늘 내가 원하는 방향으로 흘러가지 않는다는 현실을 잘 알면서도 막상 이런 상황이 닥칠 때면 마음의 갈피를 잡기가 쉽지 않다. 하지만 그 불행과 변수를 마주하는 태도가 저 친구들과 나 사이의 차이를 만들었다. 비는 그치게 할 수 없지만 이 시간을 진정한 페스티벌로 만들 것이냐 말 것이냐는 내가 결정할 수 있는 문제였다.

그때부터 나와 친구들은 우비의 앞섶을 풀어헤치고 음악에 몸을 맡겼다. 그러니 모든 게 편해졌다. 새 옷과 머리가 모두 비에 쫄딱 젖는 상황은 가슴 아팠지만 일단은 다 잊고 음악을 즐겼다. 끊임없이 내리는 비에 술잔이 계속 리필되니 어찌 보면 이득이라고 키득거리기도 했다. 늦은 밤과 새벽에는 비가 잠시 그쳐 숲속의 청량한 공기에 제법 황홀하기까지 했다. 비가 온다고 숙소로 그냥 돌아갔다면 절대 경험하지 못했을 시간이다.

페스티벌 당일 내렸던 비가 사고처럼 날아든 불행이었다면 우연처럼 찾아온 행복도 있었다. 에어 하우스 둘째 날, 아름다운 새소리에 텐트에서 눈을 떴다. 새벽까지 놀다가 비가 너무 많이 와서 잠깐 잠이 들었던 것인데, 내 생애 그렇게 크고 선명한 새소리는 처음이었다. 그 소리에 이끌려 텐트 밖으로 고개를 빼꼼 내밀었다. 이미 날은 희미하게 밝아오는 중이었고, 멀리서 음악 소리가 들려왔다. 나는 홀린 듯 텐트를 빠져나와 잠든 친구들을 놔두고 혼자서 스테이지 쪽으로 성큼성큼 향했다. 새벽에 내린 비로 숲은 더욱 진한 자연의 향을 내뿜고 있었다. 그곳에서는 소수의 사람들이 아침 안개 속에서 마치 어느 부족에서 연주할 것만 같은 트라이벌Tribal한 사운드를 즐기고 있었다. 아침에 눈을 뜨자마자 한 손에 술 대신 커피를 들고 하늘을 보며 음악을 들을 수 있다니, 기분 좋은 꿈속을 헤매는 것 같았다. 그렇게 혼자 한참을 숲속에서 아침 레이브를 즐겼다.

만약 전날 비가 많이 내리지 않았다면 텐트에서 잠깐 비를 피할 생각은 하지 않았을 것이다. 밤에 숙소로 돌아갔을 것이고, 꿈꾸던 아침 레이브에 성공하지 못했을 것이다. 그러니 당장 불행이 존재감을 크게 드러냈다고 해서 너무 속상해할 필요는 없다. 그 말은 곧 그만큼의 행복이 존재를 드러낼 준비를 하고 있다는 뜻이기도 하니까. 역시 인생은 한 치 앞을 예상할 수가 없다. 그래서 재밌다.

3장

내 사랑하고 미워하는 디제잉에게

널 만나기 딱 한 걸음 전

클럽이 삶에 크게 자리를 잡고 난 이후 자연스럽게 디제잉을 배우고 싶다는 생각이 싹텄다. 2015년 연말 즈음 당시 학동역에 있는 디제잉 아카데미에 친구와 함께 2대 1 레슨을 덜컥 등록하고야 말았다. 그때의 목표는 조촐하게 친구들이랑 음악을 틀고 놀 수 있을 정도로만 디제잉을 배워보자였다.

두근두근 첫 수업. 나는 이미 상상 속에서 그간 익히 봐왔던 디제이들처럼 여유롭고 멋지게 디제잉 중이었다. 그런데 이게 웬걸. 디제잉 장비를 보자마자 머릿속은 새하얘지고 말았다. 그렇다. 난 기계치였던 것이다. 디제잉 장비의 원리를 이해하기까지 한참이 걸렸다. 간단히 설명하자면 디제잉은 오른쪽 플레이어 1개와 가운데 믹서 1개, 그리고 왼쪽 플레이어 1개가 구성되어 있으면 할 수 있다. 오른쪽 플레이어에서 나오는 음악과 왼쪽 플레이어에서 나오는 음악을 가운데 믹서로 자연스럽게 섞는 것이다. 지금이야 이렇게 요약해서 설명할 수 있지만 당시 나는 뱅글뱅글 돌아가는 눈으로 혼미해지는 정신을 간신히 붙잡고 있었다. 선생님이 잠시 연습 시간을 주고 자리를 비우면 거의 녹아내리는 몸으로 친구 어깨에 기대어 항상 이렇게 속삭이는 식이었다.

"그래서 아까 그게 뭐라고? 다시 한번 말해줘."

선생님의 인내심 있는 레슨과 친구의 보충 설명으로 간신히 수업을 따라갈 수 있었다. 음악의 소리를 하이, 미드, 로우 구간으로 나누어 믹스하는 이큐잉EQing의 개념까지도 어떻게 잘 이해했던 것 같다. 항상 그런 것은 아니지만 1번 곡의 특정 구간 볼륨을 줄이면 2번 곡의 볼륨을 채워주는 식으로 사운드 밸런스를 맞추는 게 핵심이었고 주로 어떤 소리들이 어느 구간에 분포해 있는지 알면 되는 것이었다.

문제는 비트매칭이라는 녀석이었다. 이 녀석은 아주 고약

했다. 비트매칭이란 두 곡이 자연스럽게 연결되도록 곡의 빠르기bpm와 박자beat를 맞추는 기술이다. 곡의 빠르기는 CDJ라는 플레이어에 표시가 되어 있어 컨트롤러를 통해 조절만 하면 되기 때문에 쉬웠다. 문제는 박자를 맞추는 것이었다. 전자음악은 대부분 4분의 4박자로 구성되어 있고 두 곡의 첫 박을 딱 맞춰서 음악을 틀어야 하는데 아무리 연습해도 되지 않았다. 두 곡의 첫 박을 맞춰서 틀지 못하니 듣기 싫은 시끄러운 소리가 나거나 어색한 믹스가 되고 말았다.

디제잉 장비 앞에서 어렸을 때 피아노를 8년 쳤다거나 한국 무용을 했다거나 하는 음악적 이력 따위는 아주 약간의 힘도 못 쓰고 고이 접어두어야 했다. 나는 곡에서 첫 박을 아예 못 찾기도 했고, 찾았다 해도 다른 곡과 도무지 맞추지를 못했다. 디제잉 장비 위에서 두 손은 갈 곳을 잃었고, 믹스는 커녕 헤드폰을 끼고 멍하니 음악 감상을 하기 일쑤였다. 비트매칭은 디제잉에서 매우 기본적인 기술이지만 이 단계에서 중도 포기하는 수강생이 수두룩하다고 한다. 귀가 트이지 않으면 다음 단계로 나아갈 수 없기 때문이다. 가까이에서 들여다보니 음악을 듣고 춤을 추는 것과 음악을 트는 것은 전혀 다른 세계였다. 음식을 먹는 것과 만드는 것이 전혀 다른 세계이듯이.

비트매칭은 아주 서서히 나를 미치게 했다. 처음엔 우연처럼 '어? 됐다'고 느끼게 만들며 이게 나의 실력인지 아닌지 헷갈리게 했고, 이후엔 될 듯 말 듯 자꾸 안 됐고, 이후엔 잘 되다가도 다음 주에 연습실에 가면 실력이 리셋되는 식이었다. 그렇게 미치고 팔짝 뛰는 기간이 거의 1년이었다고 하면 믿겠는가. 중간에 디제잉과의 이별을 몇 번이나 거듭했다. 그도 그럴 것이 2015년 나는 회사에 갓 입사한 신입사원이었고, 주말엔 방전되어 누워 있거나 음악을 들으러 다니기 바빴다.

그러다 귀가 트인 것은 2017년의 어느 날이었다. 디제잉과의 숱한 이별과 재회를 반복하다 연습실에 나가기 귀찮은 나머지 아예 디제잉 장비를 집에 들였다. 평소와 같이 누가 이기나 보자 하는 마음으로 반쯤은 디제잉 장비와 씨름하고 있었는데 어느 순간 거짓말같이 비트가 들리기 시작했다. 집에서 디제잉 장비를 계속 만지다 보니 이제 더 이상 어떤 것이 제대로 된 비트매칭인지 헷갈리지 않는 순간이 온 것이다. 얼마 뒤 나는 청담의 한 라운지 바에서 음악을 틀게 된다. 스스로도 믿기 힘든 일이다.

만약 내가 도저히 실력이 늘지 않는다고 비트매칭을 포

기해버렸다면 어땠을까. 디제잉이 없는 인생은 지금보다 몇 배로 무미건조했을 것이다. 모든 일에는 '티핑 포인트tipping point'*가 있다. 절대 변하지 않을 것 같은 상황이 갑자기 확 변하는 지점이다. 사실 그 이전에 서서히 변화를 쌓아 올리고 있었기 때문에 급변점이 생긴다. 하지만 사람은 눈에 띄는 변화가 일어나지 않으면 그 상황을 잘 견디지 못한다. 나도 디제잉과 숱한 이별을 겪으며 몇 번이고 포기하고 싶었으니까. 그렇게 원하는 목표를 이루기까지 딱 한 걸음 전인지도 모르고 지속하던 일을 쉽게 포기해버리고 만다. 하지만 딱 한 걸음만 더 내디디면 마침내 이뤄지는 순간이 온다. 영원히 들리지 않을 것만 같던 비트가 내게도 들렸던 것처럼.

오래전인 중학교 체육 시간이 떠오른다. 2단 줄넘기 수행평가를 앞두고 있었고, 친구들은 슝슝 잘만 뛰는데 나는 아무리 높이 뛰고 손목을 빨리 돌려도 넘을 수가 없었다. 2단 줄넘기로 성적에 흠집이 나는 게 싫어서 A+를 받고 싶은 욕

* 티핑 포인트는 작은 변화들이 어느 정도 기간을 두고 쌓여 작은 변화가 하나만 더 일어나면 갑자기 큰 영향을 초래할 수 있는 상태가 된 단계를 말한다.

심에 매일 밤 공원에 나가 무릎이 나가도록 줄넘기 연습을 했다. 하지만 몸이 둔한 건지 요령이 없던 건지 단 한 번도 2단 줄넘기를 성공할 수 없었다.

"이럴 시간에 수학 문제나 풀자."

결국 줄넘기를 땅바닥에 내팽개치며 수행평가 3일 전에 줄넘기를 포기하고 말았다. 그리고 수행평가 당일, 부러운 눈으로 친구들이 날쌔게 줄넘기하는 모습을 바라봐야만 했다. 그 이후 나는 줄넘기를 영영 피하는 사람이 되었다. 문득 궁금해진다. 혹시 그때 내가 하루만 더 연습했으면, 아니 한 번만 더 뛰었으면 2단 줄넘기를 할 수 있는 어른이 될 수도 있지 않았을까? 이제까지 살아오면서 내가 한 걸음 직전에 돌아서 버린 새로운 세계는 과연 몇 개나 될까?

모든 삶의 순간이 티핑 포인트가 될 수 있다고 생각하면 무엇이든지 쉽게 포기할 수가 없다. 그저 겸허한 마음으로 지속하게 된다. 너무 힘들어서 포기하고 싶은 순간이 올 때면 더도 말고 덜도 말고 딱 한 걸음만 더 내디뎌보자고 다짐한다. 그 한 걸음이 내게 완전히 새로운 세계의 문을 열어주었을 때를 떠올리며.

언젠가 고백이 있었던 밤

“음악 소리 좀 줄여주세요.”

어김없이 이웃 주민으로부터 민원이 들어오곤 했다. 집에서 디제잉을 하다가 볼륨을 아주 잠깐이라도 내가 원하는 수준까지 높였을 때 말이다. 결국 스피커가 아닌 헤드폰으로 음악을 듣는 수밖에 없었다. 영 기분이 나질 않았다. 몇 번의 민원을 받고 난 이후, 이웃의 항의도 없고 스피커 음량도 빵빵하고 심지어 속도감도 즐길 수 있는 곳을 찾았다. 바로 차였다. 그때부터 내 차는 달리는 클럽이 되었다. 그러던 어느 날,

달리는 클럽은 한 결정적 사건으로 인해 폐업을 맞는다.

그날은 동생과 함께 부모님 댁에 들렀다가 서울로 돌아가는 길이었다. DJ Z@p의 2018년도 라이브셋을 빵빵하게 틀어놓고 어두운 고속도로를 내달리고 있었다. 그 라이브셋은 높은 텐션을 필요로 할 때마다 사운드 클라우드에서 자주 찾아 듣는 음악이었다. 그런데 어느 순간 뭔가 이질적인 소리가 섞여 들렸다. 바로 사이렌 소리였다. 사이드미러를 통해 뒤를 보니 경찰차가 요란하게 빨간 사이렌 조명을 밝히며 따라오고 있었다.

“웬 경찰차? 우리 따라오는 거 아니지?”

과속을 한 것도 아니고 음주운전도 아니고 경찰차가 우리를 따라올 이유가 전혀 없었다. 잠깐 음악 소리를 줄이고 바깥 소리에 귀 기울여 보았으나 경찰차가 내 차 번호나 모델을 부르면서 따라오는 것도 아니었다. 나름 7년 차 무사고 베스트 드라이버 자부심이 있었기에 경찰이 나를 따라올 리 없다며 곧바로 의심을 거뒀다. 다시 볼륨을 높이고 신나게 리듬을 타며 고속도로를 달렸다.

그날따라 집중도는 최고였다. Z@p의 라이브셋은 조금도 긴장감을 늦추지 않고 타이트하게 그만의 음악 세계로 이끌었다. 이곳은 아쉬울 것 없는 나만의 아늑한 클럽이었다. 유럽의 어느 유명 클럽이 부럽지 않았다. 그런데 정신을 차리고 보니 아직도 경찰차가 요란하게 사이렌 조명을 밝히며 뒤를 따라오고 있었다. 이쯤 되면 뭔가 이상하게 돌아가고 있다는 걸 눈치채야만 했다. 다급하게 음악 소리를 줄여보았다.

"차 세우세요. 차 세우세요."

경찰차가 뒤를 바짝 쫓으며 차를 세우라고 외쳐댔다. 식은땀이 나기 시작했다. 뭘 잘못한 거지? 내가 지금 억울한 누명을 쓰고 쫓기고 있는 건가? 온갖 최악의 시나리오가 머릿속을 스치기 시작했다.

"차 세우세요!"

짜증스러운 경찰의 외침. 나도 차를 세우고 싶었지만 그곳은 차가 쌩쌩 달리는 고속도로였고 적어도 내 눈에는 차를 세울 만한 마땅한 곳이 없었다. 울며 겨자 먹기로 계속 달렸고 그렇게 경찰과의 추격전은 계속되었다. 경찰차는 어느새 두 대로 늘어 있었고, 나는 분당 어귀까지 계속 달려 한 터널이 지나고서야 겨우 차를 세울 수 있었다. 경찰이 운전석 창을 세 번 두드렸다. 나는 조심스럽게 창문을 내렸다.

"왜 도주하셨어요?"

"도주요?"

"네, 계속 도주하셨잖아요."

"절 따라오시는지 몰랐어요…."

나는 잔뜩 떨리는 목소리로 대답했다. 경찰은 어이없다는 듯 탄식했다. 정말 몰랐다. 그저 음악에 심취해 있었을 뿐.

"음주하셨죠?"

"음주요? 아니요!"

"경기도 이천에서 신고가 들어왔어요. 전조등을 끄고 달리는 차량이 있다고, 음주운전 차량 같다고요."

이럴 수가. 이마를 탁 쳤다. 낮에 차량 점검을 받다가 점검센터에서 전조등을 꺼놓은 것이다. 내 차는 전조등 불빛이 워낙 약한 탓에 전조등이 아예 꺼져 있는지도 모르고 그냥 달렸고, 경찰들은 음주운전을 하고 도주하는 줄 알고 계속 쫓았던 것이다. 무려 경기도 이천에서 분당까지 한밤의 추격전을 벌였으니 화가 날 만도 했다. 사정을 설명했으나 경찰들은 믿지 않았고 음주 측정기를 들이댔다. 억울한 마음을 담아 있는 힘껏 숨을 불어 넣었다. 혈중 알코올 농도 수치가 찍혀 나올 리 없었다. 경찰들은 눈을 동그랗게 떴다.

"어어? 음주 아니네? 잠깐 나와보세요."

그래도 음주운전이 아닌 걸 믿지 못하겠는지 경찰들은 똑바로 서서 일자로 걸어보라고 했다. 수치스러웠다. 그 자리에서 "단지 음악을 크게 들었을 뿐이라고요!" 외치고 싶었다. 하지만 내가 할 수 있는 건 양손을 수평으로 뻗고 일자로 걷는 일뿐이었다. 다행히도 갈지자로 걷지 않고 일자로 단아하게 걸음을 마쳤다. 경찰들은 나의 예쁜 걸음걸이를 보고 비로소 음주운전이 아니라고 결론을 내린 듯했다. 경찰은 이유가 정말 궁금했는지 범칙금을 부과하며 물었다.

"도대체 왜 도주하신 거예요?"

"제가…."

약간의 위압감이 느껴지는 상황 속에서 한참을 망설이다가 답했다.

"으, 음악을 많이 좋아합니다! 그래서 음악을 크게 듣다보니 사이렌 소리를 못 들었습니다. 죄송합니다."

그냥 음악을 크게 들었다고만 이야기해도 됐을 텐데, 굳이 음악을 많이 좋아한다는 말은 왜 했던 걸까. 그렇게까지 해야 상황을 넘길 수 있다고 생각했던 걸까. 그때의 나를 지금도 이해할 수 없지만 어쩌면 위급한 상황에서 나도 모르게 진심이 툭 튀어나와버린 것은 아닐까.

경찰은 황당한 표정을 짓더니 이내 고개를 절레절레 젓고는 벌금을 제때 내라는 말만 남기고 사라졌다. 그렇게 한밤의 고속도로 추격전은 끝이 났다. 이후로 나는 절대 자동차를 클럽으로 만들지 않는다. 운전할 때 전방주시 의무가 있는 만큼 귀를 열고 잘 듣는 것 또한 안전운전의 의무에 속한다는 것을 배웠기 때문이다.

다만, 이날이 꼭 나쁜 기억으로만 남아 있지는 않다. 이날은 내게 서툰 고백의 한 장면처럼 남아 있다. 생전 처음 본 경찰에게 음악을 좋아한다고 입 밖으로 꺼내어 이야기하면서 내가 음악을 얼마나 좋아하는지 다시 한번 깨달았기 때문이다. 내가 좋아하는 것을 속으로 생각만 하는 것과 입 밖에 꺼내어 언어화시키는 것은 정말 큰 차이가 있었다. 먹고사는 일에 시달리며 살다 보면 내가 무엇을 좋아하는지조차 잊고 살 때가 많은데, 그 당황스러운 상황에서 "내가 좋아하는 것은 이거예요" 하고 당당하게 콕 집어 말한 나 자신이 꽤 마음에 들었다. 철없지만.

나는 고속도로에서 경찰과 추격전을 벌일 만큼 좋아하는 게 있는 사람, 그만큼 구체적으로 행복할 수 있는 사람이다. 그 절절한 고백을 분당 어귀 갓길에서 반짝이는 사이렌 조명

속에서 하게 될 줄 몰랐을 뿐이다. 맹세한다. 나는 앞으로 음악을 계속 사랑할 것이며, 전조등과 미등은 충실히 점등할 것이고, 음악은 자동차가 아닌 클럽에서 들을 것이다.

뻔하지 않은 다음 곡으로

"재미없어요?" 모 디제이가 묻는다. 내가 별다른 움직임 없이 술잔을 손에 든 채 댄스 플로어에 멍하니 서 있으니 재미가 없어 보였나 보다. 사실 엄청 재미있는 상태였다. 가끔 클럽은 내게 노는 곳이라기보다 음악 감상실이 되어버린다. 디제이가 디제잉을 너무 잘할 때다. 그때는 그냥 넋을 놓고 가만히 서서 음악을 감상한다. 그러면 사람들은 종종 내가 피곤한 줄 알거나 재미없어한다고 오해를 하지만 사실은 그 반대인 경우가 많다. 매우 집중하고 있는 상태다. 디제이의 개성이라고 볼 수 있는 전체적인 셋이 어떤 느낌인지도 보지만, 다음 곡으로 넘길 때 믹싱을 어떻게 하는지를 특별히 유념해서 듣는다.

매일 클럽에서 음악을 들을 수 없기에 평소 믹스셋Mixset을 즐겨 듣는다. 믹스셋이란 말 그대로 특정 곡들을 디제이가 원하는 흐름에 맞게 구성하고 믹싱한 셋 리스트다. 길이에 따라 한 시간, 두 시간 또는 다섯 시간짜리 셋이 될 수도 있다. 믹스셋을 들을 수 있는 플랫폼은 사운드클라우드, 보일러룸, 세르클, 믹스맥, HÖR 베를린, 믹스믹스티비, 각종 유튜브 채널 등 너무 많아서 일일이 열거하기 힘들 정도다. 내가 믹스셋을 즐겨 듣는 이유는 첫째, 디제이가 시간을 들여 어렵게 디깅digging한 음악을 휴대폰 탭 한 번으로 흡수할 수 있다는 점이고, 또 하나는 일반 플레이리스트와 다르게 믹싱 구간의 매력을 느낄 수 있기 때문이다.

지금 흘러나오는 음악에서 다음 곡으로 넘어가는 믹싱 구간을 듣고 있으면 짜릿한 기분이 든다. 분명히 서로 다른 곡인데 한 곡처럼 이어지며 자연스럽게 분위기가 전환되는 지점은 언제 들어도 무에서 유를 창조하는 것만큼이나 신비롭다. 그런데 이 '자연스럽게'가 디제이들에게는 어려운 숙제다.

자연스러운 믹싱을 하려면 다음 곡 선곡이 매우 중요한데, 쉽게 선곡하고자 마음먹으면 방법은 한없이 쉬워질 수 있다. 일단 비슷한 장르 중에서 현재 곡과 어울리는 키에 비슷한 리듬을 가진, 또는 비슷한 악기와 소리의 재질을 가진 곡을 고르면 안정적으로 어울릴 확률이 높다. 심지어 요즘은 디제잉 소프트웨어나 음원 사이트에서 어울릴 만한 곡을 추천해주기까지 하니 이를 적절히 활용하면 된다.

그러나 이런 방식으로 믹스를 하면 듣기는 편안할지 몰라도 와우 포인트가 없다. 내가 믹스셋을 들을 때 감탄을 연발했던 구간은 전혀 다른 두 곡이 블렌딩되면서 오묘한 느낌을 내는 구간이었다. 두 곡이 안 어울리는 듯 어울리며 착 붙는 구간 말이다. 이런 선곡 센스는 그동안 디제이가 구축해온 방대한 라이브러리에서 나오는 것이므로 나는 플랫폼에 업로드된 믹스셋에 하트를 마구 누르거나 댓글을 다는 등 나름대로 경의를 표하며 듣는다.

비슷한 것들이 만나 어울리긴 쉬워도 전혀 다른 것들이 만나 조화를 이루긴 어렵다. 오죽하면 ENFP가 ISTJ를 유혹하겠다는 가사의 케이팝이 나왔겠는가. 그래도 조화를 잘 이루기만 하면 사람들에게 훨씬 더 강렬한 인상을 남길 수 있다. 튀르키예 이스탄불에서 활동하는 우구르 갈렌쿠스라는 아티스트가 있다. 그는 대조되는 두 장의 사진을 이어 붙여 전쟁, 가난, 이민자 등 여러 사회 문제들을 단적으로 보여준다. 그의 작품 중에 레드카펫을 오르는 여인의 사진과 아이를 안고 바다를 건너는 로힝야 난민의 사진을 묘하게 연결해 하나처럼 보이게 만든 사진이 있다. 화려함의 끝인 레드카펫과 극한의 위태로움에 처한 로힝야 난민의 모습이 극적으로 대비되어 난민 인권 문제에 경각심을 불러일으킨다. 평소 난민 문제에 관심이 없는 사람일지라도 이 작품은 쉽게 머릿속에서 지우기 어려울 것이다.

미술 작품뿐만 아니라 영화도 그렇다. 넷플릭스 〈킹덤〉 시리즈의 배경은 조선시대인데 서양 특유 장르인 좀비물을 가져다 붙여 오묘한 분위기를 내며 전 세계에서 훌륭한 시청 성적을 거뒀다. 아리 애스터 감독의 영화 〈미드소마〉 역시 밝고 환한 대낮과 축제라는 설정에 공포라는 장르를 붙이니 이제껏 본 적 없는 괴이한 영화가 탄생했다. 안 어울리는 듯 어울리는 것들, 예상치 못한 새로움은 늘 깊은 인상을 남긴다.

내 인생을 60분짜리 믹스셋과 비교해본다. 100세 인생이라고 쳤을 때 20분쯤을 지나고 있다. 믹스셋의 3분의 1 정도가 지났는데 혹시 관성적으로 비슷한 나날들을 삶에 이어 붙이고 있는 건 아닌지 걱정스럽다. 지금껏 살아온 이력으로 앞으로도 쭉 살아가겠다는, 아주 보편적이고 안정적인 선택을 하고 있는 건 아닐까. 오늘과 비슷한 내일, 내일과 비슷한 내일모레 같은 지루한 선곡이면 곤란한데 말이다. 나는 내가 가지고 있는 것에 안주하며 오늘과 비슷한 내일들을 인생에 이어 붙이지는 않았으면 좋겠다. 매일 최선을 다해 라이브러리를 뒤지고 뒤져 내가 가진 최고의 것을 찾아내어 그것이 설사 오늘과 많이 다르고 도전적인 선곡이 된다 하더라도 내일의 트랙에 붙여봤으면 좋겠다.

계속되는 안전한 선곡으로 관객들의 기억에 조금도 남지 못할 바에는, 도전적인 선곡으로 관객들의 인상을 찌푸리게 만들더라도 한 번쯤 큰 환호성을 듣는 인생이 낫지 않을까. 내게 그런 선택을 할 용기가 있기를 바란다. 뻔하지 않은 다음 음악이 아주 오묘하고 아름답게 내 인생에서 흘러나왔으면 좋겠다. 솔직히 믹스셋 3분의 1 지점이면 뭐 큰맘 먹고 분위기를 대전환하는 것도 나쁘지 않다!

이다지도 불편한 널 데리고 산다는 건

집에서 일을 하다가 스트레스를 받을 땐 의자를 힘주어 뒤로 밀며 미련 없이 책상을 떠난다. 멀리 가지는 못하고 바로 뒤를 돌아 바이닐이 꽂혀 있는 책장으로 가서 트라이벌 하우스 판을 하나 골라 턴테이블에 올린다. 아, 그전에 혹시 바이닐이나 바늘에 먼지가 붙지는 않았는지 세심하게 살핀다. 그렇지 않으면 소리가 나지 않거나 듣기 싫은 소리가 나기 때문이다. 확인 후 턴테이블의 시작 버튼을 누르고 판이 빙글빙글 돌기 시작하면 마치 소중한 사람에게 차를 따르듯 섬세하게 톤암의 바늘을 판 위에 올린다.

칙, 치직. 누군가는 비 내리는 소리라고도 하고 누군가는 모닥불 타는 소리라고도 하는 노이즈가 들리고 나면 비로소 음악이 시작된다. 바이닐 위에 미세하게 각인되어 있는 나이테 같은 줄들을 멍하니 바라보며 나만의 세계로 떠난다. 마치 흐르는 물을 바라보고 있을 때 아무 생각이 없어지듯 언젠가부터 나의 명상 비법이 되었다.

몇 년 전부터 바이닐 디제잉이 국내에 빠른 속도로 자리 잡기 시작했다. 일부 클럽에는 디제이 덱에 CDJ나 세라토 같은 디지털 장비가 아예 사라지고 턴테이블만 덩그러니 놓여 있다. 10년 전만 해도 바이닐 백을 들고 다니는 디제이의 모습은 흔치 않은 광경이었는데, 이제 클럽에서 USB가 아닌 바이닐 백을 이고 지고 다니는 디제이들의 모습은 정말 흔히 볼 수 있다.

궁금했다. 도대체 어떤 매력이 있길래? 편리한 디지털 장비를 두고 굳이? 그리하여 나는 바이닐 디제잉의 세계로 입문하기에 이른다. 우리 MZ세대들은 LP, 턴테이블과 사실 거리가 멀다. 내겐 MP3나 CD 플레이어가 오히려 더 친근하다. 그럼에도 불구하고 바이닐 디제잉을 배우려는 건 허세에 가까운 시도였다. 다른 심오한 뜻은 없었고 그냥 멋있어 보여서. 무선 이어폰 대신 굳이 줄 이어폰을 쓰고 싶은 그런 감성이랄까.

현재 을지로의 미오레코드가 이전하기 전 세운상가에 있을 때 디제잉용 턴테이블을 집에 들였다. 디제이들이 제일 많이 쓴다는 일본 테크닉스 사의 SL-1200 MK5 모델이었다. 한겨울에 엄청난 무게의 턴테이블과 변압기를 낑낑대며 옮겼다. 디지털 장비와 아날로그 장비까지 집에 갖추니 제법 그럴싸했다. 괜히 어깨가 으쓱, 이제 나도 멋지게 디제잉할 일만 남았다.

하지만 나는 다시 비트매칭의 늪에 빠졌다. 괜히 아날로그가 아니었다. 디지털 장비를 가지고도 비트매칭의 지옥에서 헤맸는데, 여러 가지로 몇 배 더 불편한 아날로그 장비에서 헤매지 않을 리가. 그러자 못난 마음들이 슬며시 고개를 들며 바이닐 디제잉에 대한 온갖 트집을 잡기 시작했다.

'방 안에서 손가락만 움직이면 디깅할 수 있는 시대에 레코드 샵에 꼭 가야 하나?'

'USB 하나만 가지고 다니면 되는데 무겁게 바이닐 백을 꼭 들고 다녀야 하나?'

'디지털 트랙은 큐 포인트Cue Point(믹스를 시작하는 지점)를 레코드 박스Rekord Box(디제이용 소프트웨어)로 찍으면 되는데, 바이닐은 머리로 다 기억하거나 레코드판 위에 스티커를 붙여야 되잖아. 그 짓을 꼭 해야 하나?'

'바이닐은 온도에 취약해서 관리도 잘 해줘야 되고 공간도 많이 차지하는데 이걸 계속 모아야 하나?'

결국 의문은 하나로 귀결되었다.

'기술이 발전했는데 꼭 시대를 역행해야 하나?'

바이닐 디제잉은 불합리함의 끝이었다. 합리적인 것을 따진다면 당장 그만두는 게 맞았다. 하지만 그럼에도 불구하고 매력적인 점은 바로 아날로그의 손맛이었다. 물성이 주는 힘은 실로 대단했다. 내가 틀 음악을 레코드샵에 가서 직접 한 장 한 장 넘겨가며 손에 쥐고 감각하는 경험, 네모난 판들의 아트워크와 간단하게 적힌 정보들을 구경하며 바이닐을 휙휙 넘기는 행위는 치유의 시간이었다. 마음에 드는 몇 장을 골라 들고 레코드샵에 있는 턴테이블을 이용해 바이닐의 앞면, 뒷면을 바쁘게 뒤집어가며 청음해보는 과정에서도 손을 쓰는 매력을 느꼈다. 휴대폰이나 PC 클릭 몇 번으로 음원을 미리 듣기 하는 것과는 비교도 되지 않는 수고로움이 필요한 일이었다. 하지만 디지털 음원으로는 전혀 구할 수 없는 판을 발견하거나, 온라인에서 비싸게 팔리는 중고 판을 헐값에 살 수 있는 행운을 종종 만나기도 했다. 그렇게 발굴한 레코드판을 사서 집에 돌아갈 때는 마치 음악이 새겨진 시간을 영원히 내가 소유하게 된 느낌이었다.

디깅할 때뿐만 아니라 디제잉을 할 때도 그렇다. 아직 바이닐 디제잉에 완전히 익숙한 건 아니지만, 바이닐 디제잉을 하다가 디지털 장비로 넘어가면 왜인지 허전함과 아쉬움을 느낀다. 주변의 바이닐 디제이들에게 물어봐도 비슷하다. 어두운 조명 아래 바이닐 백에서 적당한 판을 찾아 꺼내고, 턴테이블 위에 판을 올리고, 큐 포인트를 잡고, 비트매칭을 하는 일련의 과정들이 사라지면 심심하게 느껴진다고. 집에 바이닐을 보관하는 데 공간도 많이 차지하고, 공연 때마다 바이닐 백을 이고 지고 다니기 여간 힘든 게 아니지만, 그럼에도 그들은 바이닐을 포기할 수 없다고 입을 모아 말한다. 바이닐 디제잉의 손맛에 익숙해진 것이다. 이 편리한 전자책의 시대에 종이책을 직접 한 장 한 장 넘겨 가면서 읽고, 인상 깊은 구절이 나오면 펜을 사용해서 밑줄도 긋고, 책 한쪽 귀퉁이를 여전히 접어두는 사람이 있듯이. 아날로그의 손맛은 이토록 중독적이다.

그렇다면 바이닐 디제이들이 디지털 디제이들보다 실력적으로 월등한 사람들인가? 나는 무관하다고 본다. 음악을 들려주는 도구와 수단의 차이일 뿐 어떤 음악을 어떻게 들려주느냐가 더 중요하다고 생각한다. 마치 전자책과 종이책이 공존하는 것처럼. 사람들은 훌륭한 콘텐츠를 최우선으로 여길 뿐, 콘텐츠를 소비하는 수단은 편리와 취향에 따라 선택하면 된다. 어떤 장비를 사용하든 좋은 음악을 들려주는 디제이가 최고라고 생각한다.

요리도 젬병인 내가 손을 쓰는 일이라곤 휴대폰 위에서 엄지손가락을 바쁘게 놀리거나 키보드 타이핑을 하는 일 또는 헬스장에 가서 덤벨을 잡는 일뿐이다. 그런 내게 바이닐을 다루는 시간은 고도의 집중을 요하는 섬세한 작업이 된다. 새삼 내가 아끼는 트랙들을 손에 쥐고 감각할 수 있음이 얼마나 소중한 일인지 깨닫는다.

이번 주말에는 나의 무심함으로 혹여 방치해둔 바이닐들은 없는지 살펴보고 먼지가 쌓인 트랙들이 있으면 세심하게 닦아주어야겠다. 또 친구의 생일을 맞아 아트워크가 희귀한 바이닐을 찾으러 레코드샵에 오랜만에 방문하려 한다. 소중한 사람에게 직접 선물을 건넬 수 있는 것도 아날로그의 큰 매력이다.

오늘도 방에 꾸역꾸역 쌓여 있는 바이닐과 책들을 보며 생각한다. 아무래도 나는 이다지도 불편한 널 계속 보고 듣고 만지며 데리고 살 것 같다고.

누구도 대신할 수 없는 너

#1. 삼각지의 어느 클럽

디제이가 플레이 도중 디제이 덱을 벗어나 빠른 걸음으로 클럽 문을 열고 밖으로 나간다. 옆에 있던 친구가 당황하여 저 사람은 갑자기 음악을 틀다 말고 어딜 가는 거냐고 묻는다. 나는 "화장실?"이라고 대답한다. 오늘은 방금 나간 디제이가 다른 디제이로 변경 없이 혼자 밤새 플레이하는 날이다. 디제이가 마지막으로 선곡하고 간 음악은 그의 빈자리를 충분히 채워주고 있지만 역시 디제이 부스 안에는 디제이가 존재감을 발휘하고 있어야 자연스럽다는 생각을 한다. 새삼 좁은 공간 안에서 대여섯 시간을 서서 플레이하는 행위에 경이로움을 느낀다. 몇 분 뒤 디제이가 다시 빠른 걸음으로 클럽 안으로 돌아온다. 그는 역시 프로였다. 지금 나오는 곡이 끝나려면 한참 남은 것 같고 다음 곡으로 믹스하기까지도 충분히 여유로워 보인다. 그는 아무 일 없었다는 듯 다시 헤드폰을 귀에 얹고 장비 위로 손을 올린다. 밤은 길고 그의 셋 타임이 끝나기까지는 아직 몇 시간이나 더 남았다. 앞으로 그는 과연 몇 번의 위기(?)를 더 겪을 것이며 그때마다 얼마나 훌륭한 대처 능력을 보여줄까 기대된다.

#2. 압구정 로데오의 한 라운지 바

이상했다. 타임 테이블에는 분명 비투비(두 명의 디제이가 번갈아가며 플레이하는 것)라고 적혀 있는데 한 명의 디제이가 계속 플레이하고 있다. 친구가 보고 싶어 한 디제이는 아무래도 늦는 모양이다. 디제이의 인스타그램 스토리를 확인하니 오는 길 교통 상황이 매우 안 좋은 것 같았다. 오랜만에 보는 화려한 힙합 디제잉에 눈이 휘둥그레져 있던 찰나, 누군가 큰 배낭을 메고 헐레벌떡 플로어를 가로질러 오기 시작했다. 누가 봐도 지각한 디제이였다. 그는 순식간에 많은 인파를 제치고 디제이 덱 앞에 가서 섰다. 그리고는 매우 분주한 몸짓으로 디제잉 장비를 세팅하기 시작했고, 그 모습을 지켜보던 모두의 표정이 한결 밝아졌다. 이윽고 서로 다른 개성의 두 디제이의 손에서 음악들이 얽혔다 풀리기 시작했고 분위기는 점점 고조되었다. 하지만 지각의 여파가 생각보다 컸던 모양이다. 누가 들어도 곡의 전환이 급하게 이루어지고, 비트매칭이 종종 어긋나기도 했다. 그러다 급기야… 디제이가 음악을 꺼버리고 말았다. 클럽 안에는 짧은 시간 동안 정적이 흘렀다. 하지만 디제이는 표정 변화 하나 없이 다시 음악을 틀고 자연스럽게 디제잉을 이어갔다. 레이버들이 큰 소리로 환호했다. 오히려 클럽의 열기가 한층 더 끓어올랐다.

#3. 한남동 주택가

한남동의 어느 공유 오피스에서 파티가 있는 날이었다. 단독주택을 개조한 그 공유 오피스에는 종종 하우스 파티가 열렸다. 한국에서의 하우스 파티는 흔한 일이 아니라 모두가 들떠 있었다. 장소가 주는 특유의 분위기에 홀려 몇 시간 동안 디제이 부스 바로 앞에서 미친 듯이 춤을 췄다. 내 인생 손에

꼽는 레이빙이었다. 나뿐만 아니라 주위 레이버들도 넘치는 에너지의 소유자들이어서 분위기는 더욱 과열되었다. 그러자 그만 음악을 틀어야 할 디제이가 우리와 함께 신나는 분위기에 취해버렸다. 그는 두 손을 들고 자유롭게 리듬을 타고 우리와 소통하며 환호했다. 그렇게 디제이가 다음 곡으로 믹스할 타이밍을 놓쳐버렸다. 음악이 점점 끝나가고 있었고 아웃트로에 나오는 단조로운 비트가 내 귀에도 들렸다. 마음이 급한 디제이는 본인도 어이가 없는지 웃으며 "아이씨, 루프Loop* 잡아!"를 외쳤다. 레이버들은 함께 웃으며 응원의 환호를 보냈다. 디제이는 조금 당황한 것처럼 보였지만 과연 프로답게 다음 곡으로 믹스를 해냈다. 음악적으로 완벽하지 않았을지는 몰라도 내가 들었던 그 어떤 믹스보다 멋있었다.

2018년, 몸담고 있는 뮤직앱에서 AI 디제이라는 기능을 출시한 적 있다. AI가 실제 클럽 디제이처럼 EDM, 테크노, 힙합 등 다양한 장르의 곡을 자연스럽게 믹스해주는 기능이다.

* 반복을 뜻한다. 비트를 루프로 지정하면 일정 구간을 계속 반복 재생하여 곡을 늘릴 수 있다.

이 기능을 기획하고 연구하면서 오랜 시간 골머리를 앓았다. 해가 떠 있을 때 집에 간 기억이 거의 없을 정도지만 회사에 다니면서 가장 열정을 쏟던 시기이다. 그러면서 깨달은 한 가지는 휴먼 디제이들이 긴장할 필요가 있겠다는 사실이다. 방대한 음원 풀 안에서 다음 곡을 셀렉할 수 있는 능력과 적당한 믹스 포인트를 찾아낼 수 있는 능력까지 갖춘 AI 디제이는 시간을 들여 계속 학습시킨다면 인간에게 충분히 위협적인 존재가 될 만했다. 게다가 현재 세계 유수의 음원 플랫폼에서도 AI 디제이를 계속 연구 중이다.

하지만 나는 AI가 인간을 대체할 수 있을 거라고는 생각하지 않는다. AI에게는 음악을 사랑하는 사람에게서 느껴지는 반짝임과 열기가 없으니까. AI가 화장실을 간다고 디제이 덱을 비울 일이 있을까. 아니, 그럴 일은 전혀 없을 것이며 일주일 아니 한 달도 내리 플레이할 수 있다. 하지만 AI에게는 자리를 비울 경우를 대비해 특별히 길고 좋은 음악을 몇 개 더 골라 놓는 마음과 정성도 없을 것이다. AI가 지각을 하거나 중간에 음악을 꺼버릴 일이 있을까. 그럴 가능성도 희박하다. 하지만 클럽 안의 분위기를 반전시키며 열기를 더욱 끌어올릴 일도 없을 것이다. 그렇다면 AI가 믹스할 타이밍을 놓쳐서 당황할 일이 있을까. 그럴 일도 거의 없을 것이다. 하지만 레이버들과 눈을 맞추며 하나가 되어 즐겁게 뛰어놀지도 못할 것이다.

어느 방송 프로그램에서 챗 GPT와 유명 아티스트가 작사를 같이 하는 장면이 전파를 타고, 인간 고유의 영역이라 여겨졌던 예술과 창작의 영역으로 AI가 침투했다는 기사가 쏟아져 나오는 시대다. 하지만 오직 사람이기 때문에, 사람이어야만 할 수 있는 무언가가 있다. 정성을 다하는 일과 소통 같은 것들. 그런 자세를 클럽 안에서 지속하는 한 디제이가 AI로 대체될 일은 없을 것이다. 자신할 수 있다.

경계에 서서

서울의 한 레코드샵. 바이닐이 새로 들어오는 수요일이면 서울에서 활동하는 디제이들이 가득 모인다. 하필 이럴 때 디깅하러 왔다가 몇십 분째 턴테이블 앞에서 청음 대기 중이다. 그들은 정말 공격적으로 디깅을 하고 공격적으로 청음을 한다. 내가 훨씬 먼저 와서 기다렸는데 익히 얼굴을 아는 디제이가 먼저 청음을 시작한다. 내가 기다리고 있는지조차 몰랐던 것 같다. 왠지 그 기에 눌려 빠져줘야 할 것만 같은 기분이 든다. 왜일까. 그들은 클럽에서 주기적으로 음악을 틀고 좀 더 많은 사람에게 음악을 들려주기 때문에? 나는 그들보다 열정이 작아서?

아니, 나는 본업이 디제이가 아니니까?

늘 어딘가에 완전히 소속되지 못하고 주변을 맴도는 경계인의 삶을 살았다. 어렸을 땐 공부를 잘하는 친구들과 완전히 어울리는 것도 아니었고, 그렇다고 노는 친구들과 어울려 다니지도 않았다. 고등학생 때는 심화반이라고 성적이 우수한 학생들만 모아놓은 반에 소속되긴 했으나, 늘 성적이 심화반에 간신히 붙어 있을 수준이라 일반반도 심화반도 아닌 기분이었다. 대학생 때는 늦은 나이에 전과를 해서 이쪽 학과에도 저쪽 학과에도 소속감이라고는 딱히 없었다. 또, 대학교 방송국에서 활동하긴 했으나 언론고시반은 아니었다. 한마디로 애매한 인간이었다.

그런 애매한 삶은 사회에 나와서도 계속 이어졌다. 현재 회사에 다니면서 글을 쓰고 디제잉을 하지만, 기획자도, 작가도, 디제이도 아닌 것 같다. 그 어느 쪽에도 완전한 소속감을 느끼지 못한다. 늘 경계를 맴돌며 원 안의 사람들을 힐끔거리고 있다. 내 사주에 외로울 '독' 자가 크게 써져 있다더니 정말 그런가. 이런 마음속 깊은 곳에는 어딘가에 완전히 소속되고 싶다는 마음이 크게 자리하고 있지만 그럴 운명은 못 되는 것 같다.

억지로 커피를 마시며 거의 한 시간을 기다려 청음을 끝내고 바이닐 몇 장을 집어 들고 레코드샵을 빠져나온다. 좋은 판을 건진 것 같아 만족스럽지만 경계인이라는 무거운 꼬리표가 계속 나를 따라온다.

한때 내가 세상에서 제일 부러워했던 사람은 자기가 누구라고 간단하고도 명확히 설명할 수 있는 사람이었다. 그게 너무 부러워서 화가 난 적도 있다. 나는 내가 누구인지 여전히 잘 모르겠고 뭘 하는 사람인지 분명히 설명할 수가 없으니까. 인스타그램에 들어가면 이름 밑에 소속을 태그한다든지 작가, 뮤직 프로듀서, 디제이, 그래픽 디자이너, 마케터 등 자신을 설명할 수 있는 단어를 써놓은 사람들이 그렇게 부러울 수가 없었다. 도대체 직업은 언제부터 가질 수 있는 것이고 누구로부터 인정받는 것일까.

소설가 김영하는 신춘문예 낙선자를 위로하며 '작가는 언제 작가가 될까'라는 글을 올린 적 있다. 그는 "작가가 되려면 이미 작가여야 한다"고 말했다. 삶의 모든 순간을 이미 작가처럼 살고 있으면 스스로 작가라고 선언하는 것으로 충분하다는 말이다. 다소 낭만적인 생각일지는 몰라도 어떤 직업은 언제부터 되는 게 아니라 스스로를 그렇게 바라볼 때부터 될 수 있다.

그동안 나는 스스로를 경계인이라 규정짓고 어디에도 속하지 않았을 뿐이다. 그런 내 무의식중에는 디제이나 작가를 전업으로 하는 이들보다 그쪽 분야에 시간을 훨씬 덜 할애한다는 양심의 가책이 있었던 것 같다. 하지만 세상에는 이미 다양한 직업을 가진 수많은 사람들이 존재한다. 확실한 건 요즘은 한 우물만 판 뛰어난 전문가만이 인정받는 세상은 아니라는 것이다.

'직업'의 사전적 정의는 '생계를 유지하기 위하여' 자신의 적성과 능력에 따라 '일정한 기간 동안 계속하여 종사하는 일'이다. 하지만 몇 년 전부터 N잡러라는 명칭이 유행하듯 직업의 사전적 정의는 퇴색되었다. 꼭 생계를 유지하기 위한 일만, 일정한 기간 동안 계속하여 종사하는 일만 직업이라고 부를 수 없다. 본업과 부업 사이의 경계는 이미 희미하며, 시간을 얼마나 할애하느냐에 따라 직업의 여부를 무 자르듯 판단할 수도 없다. 소설 《대도시의 사랑법》을 쓴 박상영 작가는 회사 생활과 작가 생활을 병행할 때 회사 근처 카페에서 출근

전 세 시간씩 글을 썼다고 한다. 그 시절 박상영 작가는 단지 회사원일 뿐 작가가 아니었을까? 아마 그렇지 않을 것이다.

그럼 수입의 비중으로 직업을 따질 수 있을까? 나는 지금 회사에서 받는 월급이 수입의 상당 부분을 차지하는데, 작가와 디제이가 되려면 어느 정도 수익이 나야 하는 걸까? 만약 디제이로서 갑자기 많은 무대에 서게 되어 디제이 수입이 월급을 넘어선다면 그때는 나의 직업이 바뀌는 것일까? 그럼 "어머, 제가 저번 달에는 기획자였는데요, 이번 달에는 디제이입니다" 하는 민망한 상황이 발생할 수도 있겠다.

그것도 아니라면 책은 한 세 권쯤 내고, 어느 클럽의 레지던트 디제이쯤 되면 나를 작가나 디제이라고 소개할 수 있을까? 기준이 확실히 정해져 있지 않다면 세상이 정하도록 놔두지 않고 내가 정하는 게 낫다. 어떤 직업은 내가 그렇게 생각할 때부터 가질 수 있다. 남들의 인정과는 별개다.

"저 요즘 웹소설 조금씩 쓰고 있어요."

허벅지에 루프 밴드를 두르고 스쿼트를 하며 땀을 흘리고 있는데 동갑내기 PT 선생님이 말했다.

"작가님이시네요."

"진짜 작가님께 그런 소리를 들으니 부끄럽네요."

PT 선생님은 쑥스러운 듯 말했다. '진짜 작가'란 무엇일까 잠시 고민하다가 동작이 너무 힘들어 날숨과 함께 순간 떠오르는 말을 뱉었다.

"매일 쓰면 작가님이죠."

왜 이 말을 나에게는 못 해줬던 걸까. 스스로를 작가라 생각하고 매일 글을 쓰고 그 결과물을 사람들에게 보여주면 그 사람이 바로 작가인 것을. 직업의 문제뿐만이 아니다. 나는 스스로를 인정하는 데 박했다. 남들보다 특별히 가진 것도, 내세울 것도 없는 사람이라고 생각했다. 나조차 스스로를 이렇게 바라보는데 누가 나를 귀중하게 생각하거나 사랑스럽게 봐 줄까. 괜히 분한 마음이 들어 거울을 앞에 두고 이 정도면 꽤 괜찮지 않나? 하며 허세롭게 턱을 치켜들어 본다. 여러 분야에 관심이 많아 고생이 많다고 스스로 어깨를 두드린다.

자신의 의지만 있으면 뭐든 될 수 있다고 생각하니 직업이라는 그 단어 참 별거 아닌 듯싶다. 그저 몇 개의 단어들로 나를 정의하고 싶은 욕심이 싹 사라졌다. 직업이라는 명사보다는 하고 싶다는 동사에 초점을 맞춰 자유롭게 살아가련다. 경계인이라는 꼬리표가 더 이상 무겁게 느껴지지 않는다.

으쌰, 그럼 오늘은 전자음악으로 신나게 투스텝을 밟으며 선정릉 산책길을 여러 바퀴 돌아볼까. 바람도 선선한 것이 디깅하기 딱 좋은 날씨다.

자고로 음악은 가사가 있어야

뮤직앱에서 기획을 하고 디제잉을 하는 내게 음악은 마치 공기와도 같다. 아침에 일어나 음악을 듣고, 샤워할 때, 일할 때, 운동할 때, 산책할 때, 이동할 때, 심지어 잠잘 때도 듣는다. 하루 대부분을 음악과 함께하는 내게 회사 사람들은 "음악을 아직 좋아하다니 대단하군요"라며 신기해한다. 좋아하는 걸 업으로 삼으면 힘들다는 말을 아직은 이해하지 못했다.

디제잉을 하고 나서 나도 모르게 좋은 습관이 하나 생겼는데 언제 어디서나 새로운 음악을 디깅하는 것이다. 나는 좋아하는 음악을 반복해서 듣는 스타일이 아니라 새로운 음악을 계속 찾아 듣는 스타일이다. 각을 잡고 앉아 여러 사이트에 들어가 적극적으로 디깅하기도 하지만, 무엇인가를 하면서 동시에 디깅하는 경우가 더 많다. 예를 들면 운동할 때 스포티파이에서 좋은 음악을 하나 찾아놓고 '라디오 보러가기' 기능으로 비슷한 노래를 쭉 틀어놓는 식이다. 그러다가 귀에 꽂히는 좋은 음악을 발견하면 그 기쁨은 말로 다할 수 없다. 매해 연말이 되면 여러 뮤직 스트리밍 서비스에서 유저의 음악 청취 성향을 분석해주고는 하는데, 주로 신곡을 탐색하는 '탐험가'나 '방랑자' 등으로 분류된다.

그런데 여기 조금 슬픈 소식이 있다. 스포티파이의 프로덕트 디렉터인 에이제이 칼리아는 2015년 본인의 음악 연구 블로그를 통해 사람이 33세가 되면 새로운 음악을 듣지 않을 가능성이 커진다고 밝혔다. 미국 스포티파이 사용자와 에코네스트의 데이터를 바탕으로 한 분석이다. 2018년 뮤직 스트리밍 서비스 디저deezer에서도 30.5세가 되면 더 이상 새로운 음악을 듣지 않는다는 비슷한 조사 결과를 내놓았다. 이 결과는 매우 서글프고 조금은 공포스럽기까지 하다. 세상에 이렇게나 좋은 음악이 매일 쏟아져 나오는데, 날마다 새로운 음악을 몇백 개씩 들어도 다 못 듣고 죽을 텐데! 올해 만 33세인 나는 이 결과를 부정하려 애써본다.

멀리서 찾을 것도 없이 좋아하는 음악을 계속 반복해서 듣는 대표적인 사람이 우리 아빠다. 아빠는 음악에 크게 관심이 없지만 1980년대 한국 가요와 트로트는 좋아한다. 좋아하는 아티스트는 김광석, 유재하, 이문세, 김현식, 해바라기와 나훈아. 아빠의 18번은 솔개트리오의 〈아직도 못다한 사랑〉과 김광석의 〈어느 60대 노부부 이야기〉다. 아빠가 좋아하는 음악들은 내게도 어느 정도 선명하다. 어렸을 때 집에서 창문을 활짝 열어놓고 청소하면서 들었던 몇몇 곡들은 가사도 외우고 있다.

"자고로 음악은 마음을 울리는 가사가 있어야 해."

아빠의 지론이다. 나도 어느 정도 동의하는 바이다. 아빠는 요즘 음악은 도대체 가사가 무슨 뜻인지 모르겠다며 마음을 울리지 않는다고 했다. 아빠에게 케이팝은 젊은 애들이 무더기로 나와서 부르는 시끄러운 음악일 뿐이다. 요즘 음악은 가사의 의미보다는 입에 착 붙는 반복되는 단어와 영어가 주를 이루기 때문이다. 하물며 내가 즐겨 듣는 가사 없는 전자음악은 오죽할까.

몇 년 전 통영으로 가족 여행을 가는 차 안에서 서로 좋아하는 음악을 돌아가면서 튼 적이 있다. 주로 동생과 내가 엄마 아빠의 취향에 맞췄다. 김건모, 이문세, 대학가요제 음악, 마이클 잭슨, 티어스 포 피어스 등 장르도 다양했다. 나는 장난기가 발동하여 플레이리스트에 조심스레 전자음악을 한번 끼워 넣었다.

"이건 뿅뿅뿅 거리기만 하고 도대체 무슨 음악인지 모르겠다."

영업 실패다. 준비한 다른 곡을 바로 틀었다. 역시 나이가 들면 새로운 음악에 대한 마음의 문을 걸어 잠글 수밖에 없는 것일까.

그러던 어느 날, 오랜만에 부모님 집에 갔는데 아빠가 BTS 정국 팬을 자처하고 나섰다. 아빠가 케이팝 남자 아이돌을? 믿을 수가 없었다. 아빠가 누구의 팬이라고 이야기한 게 처음이었다. 아빠는 2022년 카타르 월드컵 개막식에서 정국의 〈Dreamers〉 무대를 보고 반했다고. 라이브도 잘하고 춤도 잘 추고, 장발의 곱슬대는 머리와 반짝이는 상의, 올블랙 착장도 정국과 찰떡이라며 아빠는 그 영상을 몇 번이나 돌려보았다. 드디어 케이팝 퍼포먼스가 아빠한테 먹혔구나. 장하다 케이팝!

그 이후 집에 갈 때마다 TV 앞에 앉아 정국의 영상을 아빠와 함께 본다. 얼마 전에는 〈Standing Next to You〉 뮤직비디오를 시작으로 안무 영상과 타임스퀘어 공연 영상을 차례로 봤다. 그래도 아빠는 여전히 카타르 월드컵 개막식 영상이 최애인 것 같지만. "정말 잘한다. 마이클 잭슨이 귀환한 것 같아." 아빠와 이런 이야기를 나눌 수 있다는 게 그저 신기하다.

'30대 이상이 되면 새로운 음악을 더 이상 찾지 않는다'는 조사 결과는 내게 의미심장했다. 음악뿐만 아니라 모든 방면에서 익숙한 것을 선호하고 자기가 하던 방식만 고수하며 그렇게 조금씩 나이 들어가는 것이라 다가왔기 때문이다. 하지만 낯선 음악 사이에 내가 사랑에 빠질 만한 무엇인가 숨겨져 있다면? 아빠가 절대 듣지 않는 케이팝의 세계에서 정국을 발견한 것처럼 말이다. 내가 좋아할 만한 새로운 음악을 놓치는 일은, 나도 모르는 사이 하나의 새로운 세계를 놓치는 일과도 같다.

조금만 시간을 내어 낯선 음악과의 만남을 시도해보는 건 어떨까. 요즘 음악 스트리밍 서비스에는 사용자가 아직 들어보지 않았지만 좋아할 만한 곡을 추천하기 위해 부단하게 알고리즘을 연구하고 있다. 사용자들은 재생 버튼을 눌러 듣기만 하면 된다. 하루에 단 몇 분이라도 익숙한 세계를 떠나 낯선 곳으로의 항해를 시도해보자. 엄청난 인연을 만나게 될지도 모른다.

최근 엄마의 추천으로 해바라기의 〈사랑으로〉라는 노래를 들었다. 앞 소절부터 익숙한, 어렸을 때 종종 듣던 노래였다. 그때는 가사가 무슨 의미인지도 모르고 막연히 서글픈 노래인가보다 하고 앵무새처럼 따라 불렀는데 다시 들으니 이렇게 마음을 울릴 수가 없다. 연애도 환승하는 시대에 '영원히 변치 않을 우리들의 사랑으로', 자기밖에 모르는 시대에 '어두운 곳에 손을 내밀어' 밝혀주겠다니. 카페에 앉아 노래를 듣다가 주책맞게 감동의 눈물을 흘렸다. 모자로 얼굴을 가리고 휴지로 눈물 콧물을 닦으며 가사를 곱씹다 그 의미가 아름다워 또 울었다.

탐험가와 방랑자는 무슨. 내 세계도 너무 좁았다. 내가 앞으로 들어야 할 좋은 음악이 세상에 차고 넘친다. 나는 매일 익숙한 곳을 떠나 새로운 세계를 탐험하고 방랑하며 낯선 만

남을 가져보려 한다. 낯가림이 매우 심한 편이지만 적어도 음악을 만날 때만큼은 겁이 없어서 다행이다.

관심 있다는 착각

초록빛 무성한 5월의 어느 주말, 한남동의 한 브런치 카페에서 친구의 고민을 한 시간째 듣고 있다. 브이로그 유튜브를 시작하고 싶은데 용기가 없단다. 내가 보기에 이 친구는 카메라 앞에 서서 끼를 부리는 데 탁월한 재능이 있다. 가끔 놀러 가서 영상을 찍어줄 때 친구의 주체할 수 없는 끼에 입을 다물지 못할 정도니까. 친구는 어렸을 때부터 예능 PD를 꿈꾸었던 터라 영상을 찍고 편집하는 일에 능숙하기까지 하다. 유튜브 따위 당장 시작만 하면 될 것 같은데.

"야, 전 남친이 내 영상 보면 어떡하냐? 걔가 보면 진짜 쪽팔려."

친구는 전 남자친구 이름 석 자를 입에 올리며 몸을 부르르 떨었다. 전 남자친구뿐만 아니라, 옛 고등학교 동창, 직장 상사며 여러 사람이 입에 올랐다. 친구는 얼굴을 드러내는 일은 두렵지 않지만 초보 유튜버로서 자신이 뚝딱거리는 모습을 아는 사람에게 들키기 싫다고 했다. 문제는 그것이었다. 완전히 자리 잡기 전에 아는 사람에게 보이기 싫은 것. 그렇게 유튜브를 하네 마네 한 지가 3년이 넘었고 이 아름다운 날씨에 브런치 카페에서 고민 상담을 한 지가 한 시간이 넘어가는 중이었다. 안 그래도 전날 클럽에서 신나게 불태우는 바람에 피곤해 죽겠는데 하품을 참느라 눈가가 어느새 새빨개졌다.

"아무도 안 볼걸."

결국 참다 참다 이 말이 나오고야 말았다. 친구는 놀란 토끼눈을 하고서는 "뭐?"라고 되물었다.

꽤 큰 무대에 디제이로 첫 타임을 서게 된 날이었다. 그리고 그날 엄청난 실수를 저질러버렸다. 첫 곡을 믹스하는데 채널을 잘못 사용한 것이다. 음악을 섞는 데 사용하는 믹서에는 채널이 여러 개가 있는데, 그날은 왼쪽 플레이어가 1번 채널에, 오른쪽 플레이어가 3번 채널에 연결되어 있었다. 그런데 그만 2번, 3번 채널을 사용하고 만 것이다. 젠장, 조졌다. 첫 번째 곡은 시끄럽게 흘러만 나올 뿐 믹스가 되지 않았다. 셋타임 직전에 사운드 체크까지 했는데 도대체 왜 그랬을까. 중간에 그 사실을 깨달아 급하게 믹스를 해냈지만 혀라도 깨물고 싶었다. 게다가 제일 아끼는 두 곡을 믹스하려던 터라 더 아쉬웠다. 나 자신에게 화가 치밀어 올랐지만 아무 일도 없었다는 듯 뻔뻔하게 표정 연기를 하며 플레이에 임했다.

한 시간 동안의 셋타임이 끝나고도 실수가 계속 마음에 걸렸다. 만나는 사람에게 "아, 근데 초반에 실수했어"라고 하소연했다. 하지만 사람들의 반응은 하나같이 똑같았다.

"언제? 몰랐어."

나를 위해 일부러 그렇게 말해주는 건가 의심했는데 그렇지는 않았다. 그들은 정말 몰랐던 것 같다. 그때 다시 한번 깨달았다. 나의 자의식은 생각보다 비대하고 사람들은 생각보다 나에게 관심이 없다는 것을. 내 실수는 나에게나 치명적으로 느껴질 뿐 사람들은 나만큼 내 음악을 세심하게 듣지도 않았고, 실수했던 부분이 들려봐야 잠깐 불편한 정도였을 뿐이다. 하긴, 바꿔 생각하면 나도 다른 사람들에게 큰 관심이 없다. 내 인스타그램 스토리는 몇 번이고 다시 확인하지만 다른 사람의 스토리는 1초도 투자하지 않고 휙휙 넘겨버리지 않았나. 그들이 포스팅 하나에 얼마나 정성을 쏟아부었는지 따위는 관심 밖이다. 그렇다. 사람들은 내게 관심이 없다. 행사장 한편에서 안도의 한숨을 내쉬었다. 어찌 보면 슬퍼해야 할 이 사실에 왠지 모를 용기를 얻었다.

"아무도 안 본다고. 아무도 너한테 관심 없어."

좀 셌나, 어째 분위기가 좀 험악해져가는 듯했다. 하지만 친구가 다른 사람들의 시선 때문에 본인이 하고 싶은 일을 주저하면 안 된다고 생각했다. 그들은 친구가 유튜브를 하든 말든 크게 관심을 두지 않을 것이 분명하다. 관심을 가지더라도 그저 잠깐, '얘 유튜브 하는구나' 정도이지 않을까. 그들의 관심은 곧바로 다른 곳에 옮겨갈 것이 뻔하다. 나의 시작을, 나의 초보 단계인 모습을 사람들이 세세히 지켜보고 있다고 생각하면 그건 자의식 과잉이다. 내가 시간이 없듯, 다른 사람도 시간이 없다. 있을지 없을지 모를 타인의 관심 때문에 도전을 두려워하는 건 시간 낭비다.

첫 책을 지인들에게 공개하기가 두려워 필명을 썼다가 몇 년이 지난 후 실명을 공개했을 때 마치 발가벗겨진 기분이 들었다. '이제 사람들이 다 알겠네. 내 책을 읽고 무슨 이야기를 할까' 상상하면 얼굴이 화끈거리고 가슴이 두근거렸다. 지인들이 책을 읽고 수군거리는 꿈을 꾼 적도 있다. 하지만 완벽한 기우였다. 굳이 내 책을 찾아 읽어본 사람은 허무할 정도로 많지 않았다. 역시 사람들은 내가 생각한 것만큼 나에게 관심이 없다. 그러니 하고 싶은 것이 있으면 그냥 해야 한다. 망설이는 것만큼 억울한 손해가 또 없다. 100만 유튜버도 구독자가 1명일 때가 있었다. 완벽한 모습을 보여주려고 시작을 못 하는 것은 그냥 안 하겠다고 선언하는 것과 같다.

친구를 앞에 두고 하고 싶은 말을 후회 없이 쏟아냈다. 이제 그만 집에 가고 싶어서이기도 했지만, 아끼는 친구가 아니라면 굳이 하지 않았을 말들이다. 친구가 내 말을 온전히 받아들였는지는 잘 모르겠다. 아직 유튜브를 시작했다는 소식도 들려오지 않는다. 다만 나는 친구로서 할 일을 다했고 유튜버가 되느냐 마느냐는 친구의 용기에 달렸다. 나만 보기 아까운 친구의 남다른 끼를 좀 더 많은 이들이 목격했으면 하고 바랄 뿐이다.

사람들의 관심을 갈구하면서도 사람들이 내게 관심이 없다는 사실을 인정해야만 하는 아이러니가 있는 시대에 착각 속에 빠져 살고 싶지는 않다. 원하는 것을 위해서라면 그냥 좀 창피하고 싶다. 원하는 것을 향해 실컷 넘어지고 깨지면서 계속 달려가고 싶다.

USB 떠난 뒤

디제잉을 하기 위해 헤드폰 파우치를 열었을 때 옹기종기 모여 있는 USB 네 개를 보면 나도 모르게 미소가 지어진다. 다른 디제이들은 USB를 CDJ에 연결했을 때 오류가 날 때를 대비하여 여러 개 가지고 다닌다고 하는데, 나는 그 이유가 좀 다르다.

"넌 보물 1호가 뭐야?"

"나? USB."

사람들의 질문에 곧잘 이렇게 대답하곤 했다. 디제잉할 때 사용하는 USB가 늘 가장 먼저 떠올랐다. 2017년부터 차곡차곡 쌓아온 음악 취향의 집합체이기 때문이다.

그러던 어느 날 동생이 USB가 필요하다며 잠시 내 것을 빌려가도 괜찮겠냐고 물었다. 나는 일하느라 정신이 없었고, 동생은 다급해 보였다. 찝찝하긴 했지만 내게 USB가 얼마나 중요한 존재인지 동생은 잘 알고 있는 사람이었기에 '설마 별일 있겠어?' 생각하고 빌려가는 것을 허락했다. 그렇게 USB를 동생 손에 들려 보낸 후 그 존재를 긴 시간 잊고 지냈다.

그렇게 한참 시간이 흐른 후, 디제잉이 하고 싶어 손이 근질근질할 때쯤, 동생에게 USB 근황을 물었다. 그러자 동생은 얼굴이 사색이 되어 두 손을 모으고 죄인처럼 내 방으로 천천히 걸어 들어왔다.

"언니…."

나는 보았다. 동생의 마구 흔들리는 동공을. 불길한 예감이 덮쳐왔다. 우리는 한참 동안 둘 다 입을 떼지 못한 채 대치 상황을 유지했다.

"USB 안에 있는 게 날아가 버렸어…."

결국 긴 침묵을 깨고 동생이 입을 열었다. 정수리에서 땀이 뿜어져 나오기 시작했다. 우리는 서로 식은땀을 흘렸다.

사건의 전말은 이러했다. 동생은 컴퓨터 용량 확보를 위해 잠시 USB를 빌려갔다. 그런데 작업을 하다가 뭔가 이상한 느낌이 들어 살펴보니 USB 안에 있던 파일들이 다 날아가 버린 것. 하지만 너무 겁을 먹은 나머지 내게 바로 이 사실을 이실직고할 수 없었고, 며칠 동안 여러 업체를 찾아가서 복구를 시도해보았지만 일부만 해결되었을 뿐이다. 떨리는 손으로 USB를 노트북에 연결하여 내용물을 확인했다. 몇몇 음악 파일만이 남아 있고, 장르별, 월별로 정리해놓은 플레이리스트들은 싹 다 날아가고 없었다. 나는 거의 텅 비어버린 USB가 현실감이 없어서 미친 사람처럼 웃음을 터트렸다. 동생은 옆에서 석고대죄를 하며 연신 사과했다. 그런데 그 순간 느껴지는 감정은 허탈함뿐이었다. 놀랍게도 화가 나거나 절망스럽지 않았다.

홀로 방에 앉아 이제는 허물뿐인 USB를 바라보며 생각했다. 왜 보물 1호가 순식간에 눈앞에서 사라졌는데 타격감이 이렇게 적은 걸까. USB 안의 음악들은 쌓아만 두었을 뿐 곧잘 사용하는 음악이 아니었기 때문이다. 자주 듣거나 디제잉할 때 사용하는 음악이 아닌데도 내가 이만큼 쌓아왔고 갖고 있다는 그 부피감만으로 만족하며 살았던 것이다. 그러니 그것들이 모두 사라졌는데도 화가 나지 않았다. 그 음악들은 내 취향 변화의 역사 그 이상 그 이하도 아니었다.

가지고 있다고 해서 진짜 다 내 것은 아니다. USB 사건을 통해 그 사실을 깨달았다. 책을 가지고 있다고 다 내 지식이 되는 것도 아니고, 옷을 가지고 있다고 다 내 패션이 되는 것도 아니다. 절대로 그 부피감이 나의 실력이나 재능과 비례하지 않는다. "설레지 않으면 버려라"라는 일본의 유명 정리 컨설턴트 곤도 마리에의 명언도 있지 않은가. 오히려 이번 기회를 통해 나를 설레게 하는 음악들로만 USB를 다시 채울 수 있었다. 0에서 시작하니 취향이 오히려 더 뚜렷하게 보였다. 가끔은 의도적으로 버리는 것이 나라는 사람을 더 잘 보이게 한다.

얼마 전에는 이사를 준비하면서 옷, 신발, 가방 중 자주 사용하는 것만 남기고 전부 처분했다. 나는 많은 아이템을 활용해 다양한 스타일링을 하기보다는, 소수의 아이템으로 단조로운 스타일링을 하는 편이었다. 자주 손이 가는 아이템을 나열하니 나라는 캐릭터가 더 잘 드러났다. 책도 다시 한 번 더 읽을 책만 남기고 전부 중고서점에 팔아버렸는데, 남은 책들을 정리하자 이제야 내 책장이라고 부를 만한 것이 생긴 것 같았다. 한때는 어디에 돈을 많이 쓰는지 보면 나를 알 수 있다고 생각했는데, 채움이 아닌 버림으로써 나를 알아가고 있었다.

가지고 있다는 사실만으로 안도하는 것에는 또 뭐가 있을까. 혹시 입사 N연차, 운전 N연차 같은 N연차 경력들에 안도하고 있지는 않았을까. 연차와 실력은 비례하는 게 아닌데도 하루하루 쌓여가는 시간들에 그저 안주하고 있었던 건 아닌지 점검이 필요한 시점이다. 물경력이란 말이 어디 괜히 나온 말이던가. 허투루 쌓았다고 생각이 들면 그동안의 시간을 과감히 버리는 용기를 내보자. 그리고 오늘부터라도 충실히 하루하루를 쌓아가자.

체 게바라 키링이 달린 USB가 책상에 놓여 있다. 지난 몇 년간 나와 함께해온 그의 가는 길에 묵념으로 애도를 표했다. 짧은 애도 기간 이후 USB 네 개를 새로 입양했고, 그때부터 귀찮지만 다운로드 받은 음원을 네 개의 USB에 모두 백업해놓는 습관을 가지게 되었다. 솔직히 누군가 다시 내 USB를 날려 먹으면 그때는, 어후, 상상도 하기 싫다.

어쩌다 마주친 데뷔

이태원의 테크노 클럽으로 유명한 '파우스트'에 혼자 놀러 간 날이었다. 파우스트에서 자주 플레이를 하는 디제이분이 우연히도 내 첫 책의 독자였고, 그와 종종 연락을 이어갔다. 그날은 그의 오프닝 플레이를 응원차 방문한 날이었다. 완벽한 오프닝 무대에 감동받아 그와 파우스트를 동시에 태그해 인스타그램 스토리에 올렸다. 그러자 익숙한 아이디로 불쑥 DM이 왔다. 내가 팔로우하고 있는 디제이이자 파우스트 사장님이었다.

"혹시 디제이신가요? 믹스셋 링크 하나만 보내주실 수 있어요?"

네? 제가요? 파우스트에요? 파우스트는 이태원을 대표하는 언더그라운드 클럽 중 하나이며 테크노의 성지라고 불린다. 국내외 유명 테크노 아티스트라면 모두가 한 번쯤 무대에 서고 싶어 하는 클럽으로 명성이 자자하다. 테크노라는 장르를 처음 접했을 때 파우스트를 자주 찾았고, 파우스트는 내게 동경의 대상이자 지난 몇 년간의 웃음, 눈물, 여러 흑역사가 함께 뒤엉켜 있는 추억의 공간이기도 했다.

테크노 사운드가 쾅쾅 울려대는 클럽에서 그저 어안이 벙벙하여 몇 초간 눈만 깜빡거렸다. 감히 내가 파우스트에 믹스셋을 보내도 될까? 자신이 없었다. 게다가 내 믹스셋은 하우스에 가까워서 파우스트의 스타일과 거리가 멀기도 했다. 하지만 지난 몇 년간 만들어온 믹스셋만 몇 개던가. '사장님이 당장 디제잉을 해보라고 한 것도 아니고 단지 믹스셋만 보내달라는 건데 그것도 안 하는 것은 파우스트 팬으로서 예의가 아니다'라는 결론에 다다라 결국 가장 최근에 만든 믹스셋을 보내기에 이른다. 술기운이라 가능했던 행동이다. 맨정신이었으면 머리를 쥐어뜯으며 어떤 믹스셋을 보내야 할지

밤새 고민했으리라. 아니면 아예 믹스셋을 새로 녹음했을지도 모른다.

몇 시간 뒤 사장님에게 연락이 왔다. 파우스트에 처음으로 데뷔하는 디제이들을 소개하는 프로그램을 하나 진행할 예정인데, 참여할 의향이 있냐고 물었다. 파우스트는 클럽과 탄즈바라는 공간으로 나뉘어 있는데 나는 탄즈바 디제이로 섭외되었다. 손님으로만 드나들던 파우스트에서 직접 음악을 틀 수 있게 되다니 꿈만 같은 일이었다. 긴장됐지만 일단 미래의 나에게 맡기고 기쁜 마음으로 수락했다. 그냥 클럽에 놀러 갔다가 직접 디제잉을 하게 된 사람은 내가 유일하지 않을까.

은은하고 꾸준한 사랑에 대해 생각해본다. 열정을 불태워서 짧고 강렬하게 사랑하는 것도 좋지만 누군가를 오래 지켜보며 은은하게 사랑하는 방식도 해봄 직하다. 센 불로 열정을 확 데우지는 않지만, 계속 예열하면서 좋아하는 마음의 온도를 유지해가는 것. 그러다 보면 가끔 설레는 기회가 찾아오기도 한다. 누군가의 주위를 원을 그리면서 천천히 맴돌다 보면 어쩌다 그 사람이 나를 봐주기도 하는 것처럼. 디제잉이 내게 그랬다. 그저 꾸준히 클럽 주위를 맴돌았을 뿐인데 파우스트 탄즈바 데뷔라는 기회가 찾아왔다.

“하다 말고, 하다 말고, 그런 거지.” 《애매한 재능》을 쓴 수미 작가의 말을 자주 곱씹는다. 새해에 다이어트를 다짐했던 수많은 사람들이 설 연휴가 지나면 대부분 포기한다. 설 연휴에 이미 많이 먹어버렸으니 체중 감량은 물 건너갔다고 생각하는 걸까. 잠깐 ‘말고’의 상태로 갔으면 다시 ‘하다’의 상태로 돌아오면 되는데 많은 이들이 영원히 ‘말고’의 상태에 머무른다. 반면 누군가는 매일 일정한 시간에 운동을 하며 식단을 유지한다. 나는 매일 무언가를 부지런히 반복하지는 못한다. 오히려 그런 사람들을 보면 거리감을 느끼는 편이다. 다만 하다 말다 하는 것은 있다. 바로 디제잉이다. 내가 하고 싶을 때 하고, 하고 싶지 않을 때는 하지 않지만 영원히 손에서 놓아버리지는 않는다. 이 점이 중요하다고 생각한다. 매일은 못 하더라도 영원히 ‘말고’의 상태에 멈춰 있지 않는 것.

많은 사람들이 이런 나를 보고 도대체 디제잉을 어디다 써먹으려고 그렇게 열심이냐고 묻는다. 커리어와 연결시키지 못하면 모든 걸 쓸데없는 시간 낭비로 치부하는 팍팍한 세상이다. 하지만 꼭 목적이 있는 일이어야만 의미가 있을까. 그

과정 속에서 즐겁다면 그것으로도 충분하다. 우리는 좀 더 많은 쓸데없는 짓으로 삶을 풍요롭게 만들 필요가 있다. 취향의 세계는 파면 팔수록 넓고 깊어서 새로움을 발견하는 매력이 쏠쏠하다. 결국 난 클럽에서 가끔 디제잉을 하는 사람이 됐고 심지어 그걸 글로도 쓰고 있으니 세상만사 모를 일이다. 그저 즐거운 걸 계속하는 게 최고다.

매일 열정적으로 온 마음을 다해 하지 않아도, 손에서 놓지 않고 꾸준히 하는 것만으로 이르게 되는 경지가 분명히 있다. 나는 꾸준함의 힘을 믿는다. 그러다 보면 선물 같은 기회를 만나기도 한다. 내가 파우스트에 디제이로 섭외된 것처럼. 파우스트 탄즈바에서의 디제잉은 인생에서 절대 잊지 못할 고자극의 짜릿한 날이었다. 앞으로도 나는 좋아하는 무언가가 생기면 꾸준함을 동력 삼아 페이스 조절을 해나가려 한다. 내가 아는 한 꾸준함보다 강력한 사랑은 이 세상에 없다.

나오며

음악 없이 사는 게 왜 그렇게 어려울까

헬스장에서 힘겹게 천국의 계단을 오르는데 에어팟 배터리가 나가버렸다. 순간 옆 난간을 붙잡고 절규했다. 음악은 지옥 같은 천국의 계단을 버티게 해주는 유일한 힘인데. 진작 에어팟을 충전해놓지 않은 스스로를 책망하며 진지하게 집에 갈지 말지를 고민했다. 결국 5분도 더 계단을 오르지 못하고 헬스장 문을 나섰다.

음악 없이 사는 게 왜 그렇게 어려울까. 모처럼 쉬는 주말, 침대에 널브러져 넷플릭스나 보고 싶은 욕망을 겨우 이겨내고 찾은 헬스장인데 음악이 없다고 5분 만에 귀가하는 날 보며 참 유난스럽다고 생각했다. 이쯤 되면 음악을 듣기 위해 운동을 하는 건지, 운동을 하기 위해 음악을 듣는 건지 조금 헷갈린다. "정말 유난이야, 유난" 혼자 중얼대다 보니, 음악에 최고로 유난스러웠던 2019년 여름이 떠오른다.

그날 제주도 중문 해변은 온통 회색빛에 앞이 보이지 않을 정도로 날씨가 궂었다. 안 그래도 파도가 높기로 유명한 중문 해변의 파도는 모든 걸 집어삼킬 기세로 밀려왔다. 게다가 태풍 주의보도 내려졌다. 당연히 서핑 강습은 취소라고 생각해 살짝 아쉬워하던 찰나, 주최 측에서는 예정대로 강습을 진행하겠다고 밝혔다. 이런 날씨에 바다에 수도 없이 들어가 봤으니 걱정하지 말라는 이야기와 함께. 나 같은 초보 서퍼에게는 그저 무시무시해 보이는 바다였으나 전문가들을 한번 믿어 보기로 했다.

하지만 사고는 결국 터지고야 말았다. 물속에서 나오다가 거센 파도에 휩쓸려 날아오는 서프보드에 머리를 세게 맞아버린 것이다. 귀에서 들리는 삐 소리와 함께 다시 힘없이 물속에 처박혔다. 가만히 있으면 정말 죽겠다 싶어 간신히 정신을 차리고 비틀비틀 해변으로 걸어 나왔다. 턱부터 시작해서 오른쪽 옆얼굴 전체에 심한 통증이 느껴졌고, 귀에서는 바람 빠지는 이상한 소리가 들렸다. 뭔가 단단히 잘못되었음을 감지하고는 바로 병원으로 달려갔다. 병원으로 가는 내내 귀에서 진물이 흘러내렸다.

의사는 검이경을 통해 오른쪽 귀를 검사하더니 고막천공 진단을 내렸다. 고막이 찢어져 구멍이 뚫렸다는 것이다. 구멍 사이즈가 꽤 커 보여서 일단 청력 검사까지 하고 난 후 수술 여부를 결정하겠다고 말했다. 대기실에 앉아서 검사를 기다리는데 그 시간이 영겁의 세월처럼 느껴졌다. 수술이라는 단어도 무서웠지만 제일 무서웠던 건 '음악을 더 이상 못 들으면 어떡하지'라는 생각이었다. 그 생각이 가장 먼저 든 건 스스로도 의외라서 놀랐다. 아름다운 자연의 소리나 사랑하는 사람의 목소리 또는 일상의 소음 같은 것들이 아닌, 음악이 가장 먼저 떠오르다니. 더 이상 음악을 들을 수 없다면 삶이 얼마나 암흑 같을까 생각하니 이마에서 식은땀이 흐르고 손에서 땀이 났다. 눈물이 날 것 같았다. 만약 마지막으로 무엇인가를 들을 수 있는 시간이 주어진다면 사랑하는 사람들과의 통화와 플레이리스트 재생 사이에서 한참을 고민했으리라. 그렇게 악몽 같은 대기 시간을 거친 후 검사 결과를 들으러 다시 진료실로 들어갔다. 찢어진 고막 사진이 진료실 화면으로 크게 보였다. 주체할 수 없이 불안한 마음에 두 주먹을 꼭 쥐었다. 다행히 고막은 수술 없이 자연 치유될 수 있는 수준이었고, 청력에도 큰 이상은 없었다. 그제야 안도의 눈물이 줄줄 흘렀다.

음악 없이 사는 게 왜 그렇게 어려울까. 음악 없는 세상을 상상해보면 답은 너무 쉽다. 사운드 트랙이 없는 단조로운 영화, 재즈가 흘러나오지 않는 와인바, 케이팝 없는 출퇴근길, 캐럴이 없는 연말, 행진곡 없는 결혼식, 트로트 없는 서바이벌 프로그램, 클럽이 없는 이태원 거리를 상상해보자. 그야말로 팥 없는 붕어빵이자 탄산 없는 콜라다. 음악은 이미 공기처럼 자연스럽게 세상에 스며들어 있다.

좋은 음악을 듣는 것은 흘러가는 시간에 행복을 새기는 일이다. 시간은 모여서 하루가 되고 그 하루가 모여서 삶이 되므로, 결국 좋은 음악을 듣는 일은 좋은 삶을 사는 일이 된다. 그래서 나는 앞으로도 꽤 자주 유난을 떨며 혼자 클럽에 다닐 것 같다. 클럽에서 좋아하는 음악을 하나라도 더 발견하고 감탄하며 마음껏 환호할 것이다. 수많은 클럽에 다녀서 더 나은 사람이 된지는 모르겠지만 하루하루 더 행복한 사람이 된 건 확실하다.

그저 좋아하는 마음으로 썼다. 내 젊은 시절 일터가 아닌 가장 많은 시간을 보낸 곳에 대하여, 그리고 가장 깊이 마음을 쏟은 행위에 대하여. 한때는 불같이 사랑했고 지금은 꾸준하고 은은하게 사랑하고 있는 것에 대하여. 누군가 내 글을 보고 언더그라운드 클럽을 향한 부정적인 인식이 아주 조금이라도 바뀌었다면 더할 나위 없이 기쁘겠다.

여름, 레이빙하기 좋은 계절이다. 이번 주말에는 또 어딜 가볼까 생각하며 인스타그램을 뒤적거리고 있으니, 어김없이 또 마음이 일렁인다.

번외

서울의 베뉴

내가 좋아하는 서울의
음악 관련 장소들을 모았다.
클럽, 바, 카페, 레코드샵
등이 포함되어 있다.

A.

ARGA CLUB
@argaseoul
서울 용산구
이태원로 173-7 4층

Atdge Seoul CLUB
@atdge_seoul
서울 용산구
보광로59길 29 지하 1층

B.

Beton Brut : Concrete Bar BAR/CLUB
@betonbrutseoul
@concretebarseoul
서울 용산구
보광로60길 17 1층, 2층

BOLERO BAR/CLUB
@boleroseoul
서울 용산구
이태원로 220 지하 1층

C.

Cakeshop CLUB
@cakeshopseoul
서울 용산구
이태원로 134

Casa Corona BAR
@casacoronaseoul
서울 용산구
보광로60길 7 4층 루프탑

Clique Records

RECORD SHOP

@clique_records

서울 중구

을지로12길 8 3층

D.

Department. En CAFE/BAR

@department.en

서울 서대문구

연희로 48-22 1층

Dirty Rose Club CLUB

@dirtyroseclub

서울 용산구

이태원로20가길 11

F.

FAUST CLUB

@faustseoul

서울 용산구

보광로60길 7 3층

H.

HILLS & EUROPA CAFE/BAR

@hillsandeuropa

서울 용산구

신흥로 35 2층

I.

IDAHO CAFE

@cafe.idaho

서울 마포구

동교로 39 2층

J.

Junction RECORD SHOP

@junctionseoul

서울 중구

퇴계로88다길 37 1층

K.

Know Wave
COMMUNITY PLATFORM
@know_wave_seoul
서울 용산구
회나무로12길 8

Kunstash CLUB
@kunstash
서울 용산구
한강대로 176 지하 1층

M.

MIO RECORDS RECORD SHOP
@miorecords_chillearic
서울 중구
을지로20길 20 1층

MODECi CLUB
@modeci_seoul
서울 마포구
와우산로 64 5층

MOSAIC RECORD SHOP
@mosaicseoul
서울 중구
다산로31길 64 1층

MOSAIC WEST RECORD SHOP
@mosaicwest
서울 마포구
토정로 113 1층

N.

NYAPI CLUB
@nyapi_seoul
서울 용산구
이태원로 187 3층

O.

Oeuvre BAR
@oeuvre_seoul
서울 마포구
동교로46길 42-9 1.5층

P.

Paper CLUB

@paper.seoul

서울 용산구
이태원로27가길 37
6층 루프탑

Pistil BAR/CLUB

@pistilseoul

서울 용산구
보광로59길 9 지하 1층

R.

RING CLUB

@ring.seoul

서울 용산구
이태원로 165-6 2층

S.

Seoul Community Radio
UNDERGROUND RADIO PLATFORM

@scr_radio

서울 용산구
녹사평대로40나길 22 1층

Shelter CLUB

*@shelterseoul_*

서울 용산구
이태원로27가길 37 5층

STOKED & STONED BAR

@stoked_stoned

서울 용산구
한남동 대사관로 72 2층

SX Seoul CLUB

@sxseoul

서울 용산구
이태원로 208 3층

T.

teller CLUB

@teller.seoul

서울 용산구
우사단로 39 지하 1층

THE EDGE BAR

@theedgeseoul

서울 중구
을지로12길 8 3층

TUNNEL CLUB

*@tunnelseoul_*

서울 용산구

이태원로 166 1층

V.

Volnost CLUB

@volnostseoul

서울 용산구

이태원로 136-11

Vurt CLUB

@vurt_seoul

서울 마포구

독막로 11 지하 1층

오늘도 혼자 클럽에서

1판 1쇄 인쇄 2024년 6월 24일
1판 1쇄 발행 2024년 7월 1일

지은이	소람
발행처	(주)수오서재
발행인	황은희 장건태
책임편집	박세연
편집	최민화 마선영
디자인	권미리
마케팅	황혜란 안혜인
제작	제이오
주소	경기도 파주시 돌곶이길 170-2 (10883)
등록	2018년 10월 4일(제406-2018-000114호)
전화	031 955 9790
팩스	031 946 9796
전자우편	info@suobooks.com
홈페이지	www.suobooks.com
ISBN	979-11-93238-32-5 (03810) 책값은 뒤표지에 있습니다.